Chère lectrice,

A la une, ce mois-ci, une *Indiscrétion au palais* très « people » ! La journaliste Jade Erickson veut absolument décrocher une interview exclusive de la reine. Face à elle, un séduisant empêcheur de tourner en rond, haut responsable de la sécurité royale : Jeremy Wainwright… Son ex-mari ! (1255)… En page 2, la page « Fantasme », *Un troublant face-à-face* vous introduira au tête-à-tête sensuel et privé de Gillian et son maître de jeu. Frissons exquis garantis (1256)… A la rubrique des petites annonces (pas sérieux s'abstenir), une *J.F. cherche mari idéal…* Vous aussi ? Quelle coïncidence ! Peut-être saura-t-elle vous donner des idées de rencontres ? (1257)… En page 4, la chronique « Le mariage, si je veux ! » vous présente la première de ses éditorialistes, Suzanne, et le premier épisode du feuilleton *Un serment risqué*. Vous retrouverez en mars et en avril deux de ses amies. A suivre, donc ! (1258)… Et la photo du mois : celle de Jason Doyle, prise par Claire Marsden, qui sont, semble-t-il, *A deux pas du bonheur.* Cherchez l'obstacle ! (1259)…

Sans oublier, bien sûr, la suite de votre saga, « Les Barone et les Conti » : *La brûlure du passé* (1260).

Merci de votre fidélité, et bonne lecture.

La Responsable de collection

Indiscrétion au palais

MAUREEN CHILD

Indiscrétion au palais

COLLECTION ROUGE PASSION

Cet ouvrage a été publié en langue anglaise
sous le titre :
THE ROYAL TREATMENT

Traduction française de
FLORENCE MOREAU

HARLEQUIN®

est une marque déposée du Groupe Harlequin
et Rouge Passion® est une marque déposée d'Harlequin S.A.

Originally published by SILHOUETTE BOOKS,
division of Harlequin Enterprises Ltd.
Toronto, Canada

83-85, boulevard Vincent-Auriol, 75013 PARIS — Tél. : 01 42 16 63 63
Service Lectrices — Tél. : 01 45 82 47 47
ISBN 2-280-08283-7 — ISSN 0993-443X

1.

Jeremy Wainwright vérifia rapidement son bracelet-montre, puis, d'un regard vif, balaya la façade du palais.

L'édifice de trois étages revêtait les allures d'un château de conte de fées. La pierre grise semblait presque frissonner sous l'air piquant du mois de novembre, et le soleil de l'après-midi finissant embrasait les nombreuses fenêtres à meneaux.

Il lui sembla soudain qu'en tendant bien l'oreille, il pourrait percevoir le faible cliquetis d'épées qui se croisent ou l'écho d'un coup de trompette triomphant.

Un lien très fort le rattachait à ce lieu et à son histoire.

Depuis plus de deux siècles, la famille Wainwright résidait à Penwick, avec pour insigne fonction de protéger le palais et ses nobles occupants.

Non sans fierté, Jeremy s'inscrivait à son tour dans cette digne lignée.

Il retint un frisson. Le vent en provenance de la mer était mordant, ce soir.

Il dirigea alors son regard vers le parc, au-delà duquel s'étendait l'océan qu'il ne pouvait voir en raison des fortifications qui bordaient le palais.

Les arbres du parc arboraient le blason éclatant de l'automne. Dans les tons de rouge, or ou ocre, leurs feuilles bruissaient sous la caresse de la brise marine et voltigeaient doucement jusqu'au sol où elles formaient un épais tapis chamarré.

Néanmoins, Jeremy n'avait guère le temps de s'attarder sur ces splendeurs automnales. L'esprit en alerte, attentif au moindre trouble, il scrutait le palais et ses visiteurs...

La garde royale, fusil sur l'épaule, effectuait sa ronde habituelle.

Les hautes grilles en fer forgé, qui avaient depuis quelques siècles déjà remplacé le pont-levis, venaient de se refermer sur le dernier groupe de touristes.

La forteresse était à présent inexpugnable.

Il suivit alors du regard le groupe qui remontait dans l'autobus...

Ouf ! Il pouvait enfin respirer. Ces « envahisseurs » le rendaient tellement nerveux...

Bien sûr, les temps avaient changé et il était tout à fait légitime que les sujets de Penwick — sans compter les touristes étrangers — visitent le palais.

Ou du moins les ailes ouvertes au public.

Pourtant, pour autorisées qu'elles fussent, ces intrusions extérieures représentaient toujours un cauchemar pour les hommes de la sécurité, le danger étant susceptible de surgir à tout moment — et de tous côtés !

On ne pouvait jamais exclure l'éventualité d'une arme qui aurait échappé au contrôle. Et la prise d'otages dramatique qui se serait ensuivie !

Ou encore, l'irruption d'un touriste un peu trop curieux dans les appartements privés.

Sans compter que la reine adorait faire des apparitions surprises parmi les visiteurs. La sécurité était alors sur les dents.

Pour aujourd'hui, le stress lié à ces intrus était enfin terminé. D'une minute à l'autre, l'autobus allait repartir et le calme retomberait sur le palais.

En poussant un soupir de soulagement, il regagna la guérite pour se servir une dernière tasse de café.

Le breuvage noir et fort coula en lui comme une lente brûlure, paradoxalement réconfortante. Profitant de cet instant de paix, il ne prêta d'abord pas garde aux éclats de voix, à l'extérieur. Quoi que ce fût, ses gardes étaient parfaitement en mesure de régler le problème.

Sélectionnés parmi les fleurons de l'armée royale et entraînés par ses propres soins, ils formaient un groupe d'élite sur lequel il pouvait se reposer.

Leur devoir consistait à protéger le couple régnant, ainsi que le reste de la famille souveraine.

En outre, Jeremy savait que chacun d'entre eux aurait risqué sa vie pour sauver celle des membres royaux.

A l'extérieur, le ton montait.

Il s'agissait de toute évidence d'un incident exceptionnel.

Reposant sa tasse sur la table de bois, il sortit de la guérite tout en tâchant de saisir les bribes de la conversation fort animée qui avait lieu de part et d'autre des grilles.

D'instinct, il porta la main à son revolver, discrètement placé sur sa hanche droite et camouflé par son pull-over, puis se dirigea d'un pas décidé vers les grilles.

Une voix féminine s'élevait nettement au-dessus des autres. Une voix rageuse, qui…

Brusquement, il s'immobilisa, sonné…

Entendre cette voix familière, identifiable entre toutes, c'était comme recevoir un coup au ventre.

Son estomac se contracta et il sentit des sueurs froides glisser le long de son dos, comme lorsqu'il rêvait d'elle et qu'il se réveillait brusquement, le cœur battant.

Jade Erickson !

Elle avait été sa maîtresse, puis sa femme.

Aujourd'hui, c'était son ex.

Et le tout était toujours aussi douloureux !

Allait-il s'en mêler ? N'était-il pas préférable de laisser le lieutenant Gimble régler l'incident ?

Tout de même...

Il ne pouvait laisser le pauvre Gimble faire face à la furie. Autant envoyer un soldat armé d'une humble sarbacane au-devant d'un char !

Après quelques secondes d'hésitation, il eut finalement pitié de sa recrue. Il fallait être solide pour affronter Jade Erickson lorsqu'elle avait une idée en tête ! Et au ton de sa voix, tel semblait être le cas.

Pourquoi fallait-il aussi que Penwick fût une principauté si minuscule ? se demanda-t-il fort irrité. Durant trois années, il était scrupuleusement parvenu à éviter un face-à-face avec la femme à qui il avait promis, dans un autre temps, amour et fidélité éternels — même s'il l'avait vue de nombreuses fois ! *C'est-à-dire chaque fois qu'il allumait la télévision pour prendre des nouvelles du monde.*

Jade Erickson était en effet journaliste sur la chaîne d'informations Pen-T.V. Et de toute évidence, elle en représentait également la mascotte.

Il fut une époque où elle avait été sa mascotte à lui...

Allons, c'était une ère révolue depuis longtemps, s'empressa-t-il d'ajouter intérieurement.

Quelques mètres les séparaient encore et elle ne l'avait toujours pas aperçu. Sa silhouette se dessinait derrière les grilles, une silhouette ondulante qu'il se rappelait trop bien encore. Soulevés par le vent d'automne, ses cheveux auburn dansaient sensuellement sur ses épaules…

Quelle sensation enivrante lui procurait cette masse soyeuse lorsqu'elle glissait entre ses doigts, autrefois !

Brusquement, il éprouva l'envie d'en palper de nouveau la douceur, et l'image de ses yeux vert profond qui se brouillaient légèrement à l'orée du plaisir s'imposa malgré lui à son esprit…

Aujourd'hui, ces mêmes yeux étaient plissés et lançaient des éclairs meurtriers au lieutenant. Avait-elle maigri ? s'interrogea-t-il. A moins que ce ne fût son tailleur noir et moulant qui donnât cette impression… Sous sa veste, elle portait un chemisier d'une blancheur éclatante. Pour compléter le tout, elle arborait un énorme diamant en forme de broche, qui scintillait sur son revers gauche.

Au temps de leur mariage, elle ne portait pas de diamants, Jeremy n'ayant pas les moyens de lui en offrir. En revanche, il lui avait acheté une aigue-marine, de la même couleur que ses yeux, sertie dans de l'or. C'était sa bague de fiançailles.

Il y avait belle lurette qu'elle avait dû l'égarer !

Il fixa alors ses longs doigts fins — dépourvus de tout bijou. Ils étaient agrippés aux grilles noires qu'elle tentait de secouer. Bien vainement, d'ailleurs.

Il ne put retenir un sourire. Décidément, Jade n'avait pas changé ! Toujours le même tempérament de feu qui affleurait à la moindre contrariété. Force était de reconnaître qu'elle était très sexy…

Allons ! se reprit-il immédiatement. Il devait à tout prix se débarrasser de pensées si extravagantes.

— Je m'en occupe, décréta-t-il d'une voix autoritaire à l'adresse du lieutenant, en se rapprochant des grilles.

— Bien, monsieur, fit ce dernier visiblement reconnaissant.

Et sans demander son reste, le jeune garde battit en retraite.

A cet instant, Jeremy se planta devant les grilles.

Devant elle.

Et le souffle lui manqua presque...

En plongeant dans les profondeurs de son regard, il eut l'impression de recevoir un véritable coup sur la tête. Quelle bombe elle était !

— Jade..., finit-il par dire.

— Bonjour, J.T.

Jeremy Thomas, tel était son véritable prénom, J.T. pour les intimes. Qu'il était bon de l'entendre de nouveau de sa bouche... !

« Allons, Wainwright, pas de sentimentalisme ! » s'ordonna-t-il aussitôt.

A cet instant, elle s'éclaircit la gorge. Avait-elle ressenti une bouffée de désir aussi fort que le sien ? Ah, mieux valait ne pas s'interroger !

— Que fais-tu ici, Jade ?

— Tu sais parfaitement pourquoi je suis là.

Effectivement, il le savait.

Quelle obstinée !

— Ecoute, si c'est au sujet de l'interview, je te garantis que tu perds ton temps. Et, ce qui est plus fâcheux encore, tu me fais perdre le mien.

— La barbe ! Pourquoi refuses-tu de m'aider ?

— Pourquoi le ferais-je ? rétorqua-t-il.

— En souvenir du bon vieux temps.

A ces mots, il jeta un coup d'œil au cameraman de Jade qui ne perdait pas un mot de la scène. Baissant la voix, il riva de nouveau son regard à elle, et répondit sèchement :

— Le bon vieux temps ? Tu te fiches de moi ?

Elle laissa alors échapper un lourd soupir, qui fit voleter quelques mèches folles sur son front.

— Très bien ! Alors, puisqu'il n'y a pas de bon vieux temps, je fais appel à ton sens de la courtoisie.

— Je crois avoir été suffisamment patient avec toi. Je t'ai déjà fait savoir à trois reprises par écrit que je ne t'accorderais pas cette maudite interview.

— J'ai pensé que si je venais sur place pour en discuter directement avec toi, tu changerais peut-être d'avis.

— Eh bien, tu as eu tort !

— Allons, J.T., le bulletin de santé du roi est alarmant et la reine…

— Et la reine est à son chevet et ne donnera pas d'interview.

— Elle doit pourtant faire une déclaration.

— Exact, et elle le fera au moment où *elle* le décidera.

— J'essaie juste de faire mon métier, plaida alors Jade.

— Moi aussi ! rétorqua-t-il.

Elle donna un coup de talon rageur sur le sol.

— Les gens ont tout de même le droit de savoir, affirma-t-elle.

— Le droit à l'information concerne les affaires publiques de la principauté. La vie privée de la famille royale ne regarde personne, pas même les sujets de l'île.

— Voyons, J.T., le roi est malade et sa santé préoccupe ses sujets, quoi de plus légitime ?

— Qu'ils se rassurent, on s'occupe de lui.

— Qui « on » ?

— Vois-tu, déclara-t-il d'une voix acerbe en se rapprochant des grilles, si tu avais mis la moitié de ta belle énergie dans notre mariage...

Il n'acheva pas sa phrase, dont le début avait néanmoins suffi à la faire rougir. Dieu merci, elle en était encore capable ! pensa-t-il. A cet instant, le cameraman s'approcha ; un témoin lumineux rouge clignotait à la base de l'objectif.

Désignant la caméra du doigt, Jeremy ordonna vivement :

— Eteignez ça !

— Fais ce qu'on te dit, Harry, renchérit Jade sans même regarder l'homme à qui elle s'adressait.

Ce dernier s'exécuta et s'éloigna.

Une fois qu'ils furent seuls, Jade rejeta ses cheveux dans son dos, planta son beau regard lumineux dans celui de Jeremy et déclara :

— Je ne demande que cinq minutes de son précieux temps.

— La reine n'a pas cinq minutes à perdre. Elle se consacre à son mari, *elle*. Sa famille représente sa priorité numéro un.

— C'est mesquin, J.T. ! se révolta-t-elle devant son reproche implicite.

O.K., il aurait mieux fait de se taire au lieu de raviver les vieux ressentiments. Agacé, il répondit :

— Quoi qu'il en soit, tu n'entreras pas !

— Ce soir, peut-être, fit-elle, mais je te garantis que je n'ai pas dit mon dernier mot.

— Pour ça, je te fais confiance !

— J.T., reprit-elle sur un ton adouci, c'est important pour moi, cette interview. Fais preuve au moins d'humanité !

— Désolé, je ne peux rien pour toi.

De curieuse façon, il ne ressentait aucune joie à l'idée d'entraver les projets de son ancienne épouse. Décidément, Jade exerçait toujours un pouvoir sur lui. Il était loin d'être indifférent à son charme. Se tenir si près d'elle et sentir son doux parfum fleuri avait suffi à balayer les années et à le ramener dans le petit nid qu'ils partageaient, au début de leur amour.

A l'époque où ils déclinaient encore le futur à la première personne du pluriel. Dans leur splendide naïveté, ils croyaient alors que l'amour triompherait de tout.

Fatale erreur...

Elle laissa ses yeux errer sur le majestueux palais, sur ses magnifiques jardins, puis son regard revint sur lui.

Derrière son front rebelle, il devinait aisément son imagination en marche. Elle n'allait pas capituler, il le savait ! Jamais il n'avait rencontré une femme aussi opiniâtre. Et dire qu'au début, c'était précisément ce qui l'avait séduit, en elle.

— C'est donc la guerre ? demanda-t-elle d'un ton brusque.

Instantanément, il reconnut le ton qu'elle adoptait quand elle était contrariée. Un ton à la fois détaché et méprisant.

— Si c'est ce que tu souhaites, répondit-il.

Il retint alors un sourire en la voyant lutter contre elle-même pour se dominer et retenir les mots qui lui brûlaient la langue... A son crédit, il devait reconnaître qu'elle avait réalisé de remarquables progrès, puisqu'elle ravala avec maestria sa colère — ce qui n'était pas toujours le cas, autrefois !

Il portait toujours au front la trace d'une cicatrice, souvenir d'un livre qu'elle lui avait lancé au visage, à bout d'arguments. Et ce, au cours de leur voyage de noces ! Rien que ça ! Allons, pour être honnête, il devait reconnaître qu'après cet emportement, elle avait déployé des trésors de douceur pour le lui faire oublier. Au point que sa petite cicatrice était intrinsèquement liée à des heures merveilleuses…

Prenant une large inspiration, elle décréta :

— Si tu veux un conseil, place un autre garde à cette grille. Celui-ci est un crétin.

— Vraiment ?

— Parfaitement ! Il a refusé de répondre à la moindre de mes questions.

— Je constate que le lieutenant Gimble est tout à fait à la hauteur de sa tâche.

Excédée, elle planta ses mains sur ses hanches. A son tour, il croisa les bras et se campa devant elle. Un bras de fer s'engageait…

— Va-t'en, Jade, dit-il. Tu n'obtiendras rien.

— Si j'étais toi, repartit-elle d'un ton cinglant, les yeux étincelants de colère, je m'assurerais que mes hommes sont effectivement à la « hauteur de leur tâche ». Le travail en équipe, ça n'a jamais été ton point fort.

— Venant de toi, j'apprécie la remarque à sa juste valeur, rétorqua-t-il. En outre, à en juger par la discussion que tu viens d'avoir avec le lieutenant, tu n'es pas en position de me donner des leçons sur la façon d'exercer de l'influence sur autrui. Il semblerait qu'il ait été insensible à ta demande.

Le filou !

Elle s'efforça de compter jusqu'à dix et, ayant recouvré son sang-froid, elle concéda :

— J.T., je suis navrée, cela fait longtemps que je ne me suis pas emportée de cette façon.

— Tu as de très beaux yeux, quand tu es furieuse, dit-il tout à trac. Indéniablement. Bien qu'il faille faire attention aux siens, dans ces moments-là…

Nul doute qu'à cet instant, elle revit elle aussi le livre lancé à toute volée heurter son arcade sourcilière… Piquée, elle lui jeta un regard menaçant. Aujourd'hui néanmoins, de solides grilles les séparaient. Des grilles capables de le protéger d'une journaliste insistante. Car c'était ce que Jade représentait désormais pour lui — même s'il devait encore s'en convaincre.

— Entre nous soit dit, poursuivit-il, mes rapports avec mon équipe sont excellents. Et si mes relations avec la presse te chagrinent, franchement, je m'en félicite.

— Toujours aussi charmant, observa-t-elle.

La frustration le disputait à la colère, en elle.

Parmi tous les hommes présents sur cette petite île, pourquoi fallait-il que ce fût son ex-mari qui se dressât entre elle et son but ?

Elle releva la tête pour affronter son regard, et dans les yeux marron foncé de J.T., elle ne lut pas la moindre lueur d'espoir.

Parallèlement, elle sentait croître en elle un curieux et lent désir… Il avait surgi inopinément au creux de ses reins dès l'instant où leurs regards s'étaient enchaînés. Et il s'imposait à présent de façon si intense qu'elle en ressentait un vif trouble.

D'autant qu'elle ne doutait pas un instant que Jeremy le partageait !

Brusquement, ce fut comme si ces trois années de séparation n'avaient pas eu lieu. Envolées en quelques secondes de retrouvailles ! Trois ans sans le voir, sans entendre sa voix, sans sentir ses caresses sur sa peau, et un seul regard avait suffi à raviver le volcan qui sommeillait en elle.

— Jade ?

La voix de son cameraman l'arracha au fil de sa méditation.

— Je monte dans le 4 x 4, lui précisa alors ce dernier.

A cet instant, elle crut lire un vague sourire de satisfaction sur le visage de J.T. Cet homme était bien trop sexy... et bien trop agaçant à son goût !

Une fois qu'Harry eut disparu, elle se concentra de nouveau sur le monolithe de muscles qui se tenait entre elle et son destin. Elle avait essayé la méthode douce, puis la méthode forte. Aucune n'avait donné de résultats. Elle devait trouver une troisième voie... Pourquoi ne pas opter pour la complicité ?

— Ecoute, lui dit-elle sur un ton entendu, il n'y a aucune raison que nous ne trouvions pas un accord.

A ces mots, la bouche de J.T. se mit à trembler. Oh, un tremblement presque imperceptible ! Elle s'accrocha néanmoins à cet espoir et poursuivit sur le même ton :

— Nous sommes des adultes, J.T. Des professionnels. Nous pouvons sûrement arriver à résoudre ce... cette difficulté.

A cet instant, il poussa un long soupir et décroisa les bras, lui offrant le spectacle de son torse de rêve. Un torse capable de susciter les fantasmes féminins les plus fous, elle était bien placée pour le savoir !

— On peut dire que tu as une sacrée personnalité, lâcha-t-il alors, bluffé, en la toisant rapidement de la tête aux pieds.

Rapidement, mais si intensément... !

Ce fut comme s'il avait laissé courir ses mains sur son corps. Elle en eut presque un frisson. Presque un vertige... Allons, elle avait eu le cran de le quitter ! Elle n'allait pas succomber de nouveau.

— Merci, dit-elle brièvement.

— Ce n'était pas un compliment, précisa-t-il.

Ah, le rustre ! Elle se mordit la lèvre supérieure et laissa dériver son regard vers le palais, tout en tâchant de se calmer.

— Jade, continua-t-il avant qu'elle n'ait le temps de le gratifier d'une repartie bien sentie, tu peux revenir autant que tu veux, tous les jours si tu y tiens, tu ne verras pas la reine. Alors, fais-nous une faveur à tous les deux : n'insiste pas !

— J'essaie juste de faire mon métier, J.T., répéta-t-elle.

— Moi aussi ! répondit-il, buté.

— Ton job consiste à protéger la famille royale, je le conçois. Mais moi, Jade Erickson, je ne représente nullement une menace.

— Une menace n'est pas forcément physique.

— La reine ne pourra pas rester retranchée éternellement dans son mutisme.

— C'est la reine, elle peut faire ce qui lui plaît.

— Au cas où tu l'ignorerais, nous ne sommes plus au Moyen Age, rétorqua-t-elle. Et nous ne sommes pas des serfs, nous disputant autour d'un feu de camp.

— Dommage, lui dit J.T., je me rappelle que tu étais belle, à la lueur du feu.

Là-dessus, il fit signe au lieutenant Gimble d'approcher et ajouta en guise de conclusion :

— Heureux de t'avoir revue, Jade.

— Nous n'en avons pas fini, tous les deux, le prévint-elle. Jeremy ! Tu ne peux pas…

Elle s'interrompit d'elle-même.

A quoi bon argumenter puisqu'il n'était déjà plus là ?

Jade n'avait pas l'habitude de gaspiller vainement son énergie.

Une fois que J.T. eut tourné les talons, le jeune lieutenant adressa une œillade méfiante et distante à la journaliste qui venait de tenir tête à son chef.

Pour sa part, Jade ne lui accorda pas le moindre regard, les yeux toujours rivés sur la silhouette de J.T. qui s'éloignait à présent à vive allure.

Si elle avait eu des canons à la place des yeux, elle n'aurait pas donné cher de sa peau !

Impuissante, elle le vit franchir les doubles portes du palais et disparaître à l'intérieur sans même se retourner une seule fois.

Elle donna alors un coup de poing frustré contre les grilles. Allons ! Tout ce qu'elle allait obtenir, c'était une foulure. Elle devait éviter le ridicule !

A contrecœur, elle abandonna son poste pour revenir lentement vers le 4 x 4 où l'attendait toujours Harry. Elle était étourdie par la scène qu'elle venait de vivre.

Incroyable ! Cinq minutes en compagnie de son ex-mari, et tout son professionnalisme s'était dilué. Ex, vraiment ? Elle n'avait nullement l'impression que sa relation avec

J.T. appartenait au passé. Les sentiments qu'il lui inspirait étaient bien trop vifs.

Mon Dieu ! où toute cette histoire allait-elle la mener ?

2.

S'engouffrant dans son appartement, Jade posa son sac à main et ses clés sur le guéridon du vestibule, puis referma avec soin la porte derrière elle. Elle procéda alors au rituel habituel, c'est-à-dire : donner un double tour de clé, pousser les deux verrous sans oublier de mettre la chaînette.

Sur le trajet du retour, elle avait ruminé sa colère, incapable d'accepter la fatalité qui faisait resurgir J.T. dans sa vie au moment le moins opportun !

— Du calme ! s'ordonna-t-elle à voix haute en retirant avec impatience ses escarpins.

Elle les avait achetés la veille et ils lui avaient blessé les pieds. Décidément, tout allait de travers ! Enfin, J.T. n'était pas responsable de ses ampoules.

Encore que…

— C'est tout de même incroyable, poursuivit-elle sur le même ton. Pourquoi fallait-il que je tombe sur lui ? Il y a des centaines de soldats dans l'armée ! Ah, la poisse !

Elle traversa alors le salon et la moquette douce et épaisse du sol réconforta ses talons meurtris. Comme les persiennes n'étaient pas encore fermées, son image se reflétait dans l'immense baie qui courait presque sur tout un pan de mur. Elle fit coulisser la porte vitrée et se retrouva sur le balcon.

Une bourrasque de vent plaqua ses vêtements contre son corps. Elle frissonna... La fraîcheur vespérale lui procura pourtant un merveilleux bien-être. Si seulement elle avait pu également calmer le feu qui coulait dans ses veines !

Hélas ! Qu'elle le veuille ou non, J.T., par le simple pouvoir d'un regard, exerçait sur elle une telle emprise, qu'elle en oubliait tout...

Elle soupira profondément, puis se frotta les yeux comme pour en chasser la persistance du regard pénétrant de J.T.

Pourquoi ces retrouvailles avaient-elles été si douloureuses ? Trois années s'étaient tout de même écoulées depuis leur séparation ! Trois longues années où elle avait été fort affairée — ce qui, soit dit en passant, lui avait permis de tromper sa solitude. Enfin, trois ans, ce n'était pas rien, c'était une durée suffisante pour qu'un homme vous sorte du cœur et de la tête !

Mais avec J.T., rien n'avait jamais été facile.

Rien n'allait jamais de soi.

Elle ferma les paupières et revit son visage, ses yeux sombres dont les profondeurs semblaient emprisonner les secrets de l'univers...

Rejetant subitement la tête en arrière, elle s'offrit alors à la caresse du vent, tandis que ses poumons s'imprégnaient des embruns de l'océan tout proche.

Le cri strident des mouettes résonnait dans la nuit ; au rythme des rafales de vent, elles tourbillonnaient et piquaient vers le sol,

Peu à peu, elle sentit son pouls revenir à la normale et le nœud qui serrait sa gorge céda. L'air humide et frais représentait le meilleur remède contre la fureur.

Cela marchait chaque fois.

Pourtant, aujourd'hui, elle sentait que cette colère était uniquement endormie et guettait le moment propice pour resurgir. Décidément, J.T. était plus fort que le vent !

Après leur séparation, elle avait loué un appartement avec panorama sur la mer, persuadée que grâce à cette vue paradisiaque, quels que soient les malheurs qui lui tomberaient sur la tête, elle retrouverait toujours sa sérénité. Qu'il lui suffirait de prendre un bol d'air sur la terrasse et hop ! tous ses soucis s'envoleraient.

Fallait-il qu'elle fût candide !

C'était oublier d'éventuelles retrouvailles avec son ex-mari… Ce soir, son territoire était définitivement envahi par la pensée de J.T. Elle n'avait pas pu la déposer sur le seuil de sa maison cocon.

Il avait forcé la porte de son intimité.

S'appuyant sur la rambarde, elle admira mélancoliquement le paysage qu'elle surplombait. L'horizon s'étendait devant elle, gonflé de tous les possibles, heureux ou malheureux…

Pour être honnête, J.T. n'était pas le seul à contribuer à cette sensation d'invasion. Autre chose la tracassait : elle devait absolument résoudre l'énigme des lettres anonymes qui s'accumulaient sur son bureau. C'était pour cette raison qu'elle avait fait installer tous ces verrous, sur sa porte.

La dernière lettre remontait à hier.

Elle l'avait reçue au travail et se rappelait parfaitement son contenu :

« Mon adorable Jade,

» Bientôt nous serons réunis. Bientôt le monde saura, comme moi, que nous sommes faits l'un pour l'autre. Bientôt, mon amour, bientôt. »

La police lui avait assuré qu'elle ne courait pas de véritable danger. Dans la plupart des cas, lui avait-on affirmé, il s'agissait d'admirateurs illuminés qui, trop lâches pour affronter l'objet de leur affection directement, envoyaient, en guise de compensation, des mots d'amour anonymes.

Soit !

Néanmoins, l'idée qu'une personne la filât la mettait fort mal à l'aise. Croisant frileusement les bras, elle frissonna et s'efforça de revenir au problème qui la préoccupait, à savoir s'infiltrer dans le palais...

En d'autres termes, doubler son ex-mari, réalisa-t-elle. Ne s'attaquait-elle à un ennemi trop redoutable ? Assez ! Elle ne devait pas s'avouer vaincue d'avance, mais reprendre le problème calmement, depuis le début.

Sa Majesté était malade et aucun communiqué n'avait été établi à l'intention de la population de l'île. N'était-il pas légitime que celle-ci sache qui dirigeait le pays si le souverain en était physiquement incapable ?

Or, le métier de Jade, c'était précisément l'investigation !

Par conséquent, elle devait obtenir des renseignements dignes de ce nom, et non se contenter de rumeurs. Si elle voulait prouver à son père que...

Ah non ! Il ne s'agissait pas de son père ni de l'héritage qu'elle devait assumer. Non, ce qui était en jeu, c'étaient ses buts, ses projets. Ses ambitions...

Cela, J.T. n'avait jamais pu le comprendre. Et voilà qu'encore une fois, il surgissait dans sa vie pour se mettre en travers de sa route.

Rien n'avait-il donc changé ? Quelle fatalité la poursuivait ? Dès le début, J.T. s'était opposé à ce qu'elle travaille. Il rêvait d'une épouse au foyer. Une femme qui lui aurait servi son dîner tous les soirs à 7 heures et qui aurait pris soin de ses enfants et de leur père.

Dans sa grande candeur, elle avait cru que l'amour qu'elle lui portait viendrait à bout de son traditionalisme. Hélas, J.T. s'était entêté, sans faire la moindre concession !

Excédée, elle avait fini par sortir de sa vie…

Malheureusement, elle avait laissé son cœur derrière elle.

Au fond, elle avait sûrement réagi trop vivement. Avec plus de douceur, elle aurait fini par l'amadouer. Mais elle était si jeune alors !

Pleine de feu et d'impatience.

Et comme, du côté de J.T., c'était la même chose, leur couple ne pouvait faire que des étincelles.

Elle soupira.

Aujourd'hui, elle devait affronter la réalité. Elle avait quitté son mari pour faire carrière, et de ce côté-là, elle avait assez bien réussi, puisqu'elle travaillait pour une chaîne de télévision connue et que ses reportages étaient toujours attendus avec la plus grande impatience.

Et pourtant, force était de reconnaître qu'elle n'était pas heureuse. Allons, se dit-elle, c'était juste un coup de blues. Si elle parvenait à décrocher l'interview avec la reine, tout rentrerait dans l'ordre.

Néanmoins, elle ne pouvait s'empêcher de penser qu'elle avait fait un mauvais marché en troquant J.T. contre son ambition. Le revoir l'avait bouleversée…

Quand ses yeux s'étaient posés sur elle, elle avait eu l'impression de recevoir une véritable décharge électrique. Et son regard la brûlait encore.

Elle éprouvait l'étrange sensation d'avoir retrouvé quelque chose qu'elle ne savait pas avoir perdu.

« Assez ruminé ! » s'ordonna-t-elle en rentrant dans le salon. Elle laissa la baie ouverte derrière elle.

Les grands rideaux en mousseline blanche se gonflèrent alors comme la voile d'un bateau sous le vent. Mais, tout comme elle, ils étaient retenus par une ancre et n'allaient nulle part, pensa-t-elle tristement.

Brusquement, elle sursauta.

On venait de frapper chez elle...

Un frisson courut le long de son échine. Pourtant, courageusement, elle se dirigea vers la porte. De toute façon, tout valait mieux que de continuer à songer à J.T. et à ce qu'ils avaient perdu, tous les deux.

La prudence s'imposant, elle colla sa prunelle contre le judas. Et reconnut instantanément le concierge de l'immeuble.

Il lui sourit, sachant qu'elle le regardait.

— Charles ! s'écria-t-elle.

— Du courrier est arrivé pour vous. Délivré par coursier. De la part de Pen-T.V. Je le dépose sur le paillasson. Bonsoir.

— Merci, dit-elle en déverrouillant sa porte.

Quand elle l'ouvrit, Charles pénétrait déjà dans l'ascenseur. Elle ramassa le colis et de nouveau se barricada soigneusement chez elle.

Au toucher, elle devina qu'il s'agissait d'une cassette vidéo. Elle déchira l'enveloppe.

Bingo !

Un billet tomba alors sur le sol et elle se pencha pour le ramasser... « J'ai trouvé ça sur ton bureau, j'ai pensé que c'était important. » C'était signé Janine, son assistante.

Sur son bureau ?

Tiens, tiens...

Elle inspecta la cassette : elle ne comportait aucune étiquette. De plus en plus curieux.

Que pouvait-elle bien contenir ?

Quelqu'un avait dû la déposer sur son bureau. Autant la visionner sans tarder pour comprendre de quoi il s'agissait.

Elle alluma alors la télévision, introduisit la cassette dans son magnétoscope et, munie des télécommandes des deux appareils, s'assit sur le canapé...

L'image du palais royal s'afficha brusquement sur toute la grandeur de l'écran.

Elle ne put retenir un frisson.

Sur la bande son, on entendait le trafic de la rue, les chants des oiseaux et le souffle du vent.

L'objectif effectuait à présent un lent zoom.

Soudain, Jade apparut sur l'écran, avec Harry. Elle était en grande discussion avec le garde, à travers les grilles. On la voyait ensuite secouer les grilles, geste dérisoire, et J.T. entrait en scène.

Comme il était étrange de revivre cette scène sous cet angle !

Ses cheveux volaient au vent. Soudain, un nouveau zoom la ramenait au premier plan. Bientôt, il n'y eut plus qu'elle sur l'écran.

Séparée de J.T. et du reste du monde.

Capturée par l'œil de la caméra !

Puis celle-ci balaya son corps, de haut en bas et vice versa. L'obsession de l'homme qui la traquait était presque palpable, comme s'il avait été présent dans la pièce.

Soudain, elle se figea.

Elle entendait la respiration lourde du sournois cameraman. Elle manqua pousser un cri.

Le film se terminait sur un fondu en bleu.

Ce bleu vif la tira de sa stupeur. Elle appuya sur le bouton *Eject* et retira la cassette du magnétoscope comme si celle-ci était empoisonnée.

Le silence de la nuit l'enveloppa alors comme une menace. Les rideaux continuaient à voltiger au vent, dans un effort pathétique pour prendre leur envol. Se rendant compte qu'un intrus aurait pu s'introduire par la baie ouverte, elle se précipita pour la fermer.

Bien sûr, il aurait fallu que l'homme qui la traquait escaladât trois étages, tel Spiderman. Mais avec ce genre de détraqué, il fallait s'attendre à tout !

Une fois qu'elle l'eut refermée, elle resta un long moment appuyée contre la vitre, à contempler son appartement. Pour la première fois, elle ne vit pas l'appartement confortable et meublé avec goût qui était le sien, mais un sanctuaire... envahi par une menace qu'elle était incapable d'identifier.

Elle eut soudain terriblement envie d'appeler J.T.

J.T. avait l'intuition que cet entretien n'allait pas lui plaire. Assis en face de son supérieur, il laissait son esprit vagabonder tandis que Franklin Vaucour répondait au téléphone.

La cinquantaine passée, Franklin possédait l'étonnante vigueur d'un jeune homme de vingt-cinq ans. Cela tenait sans doute à des années de discipline. Tout comme J.T., Franklin était entièrement dévoué à son travail. Sur ce terrain-là, les deux hommes se comprenaient.

Le soleil du matin filtrait par les fenêtres du bureau de la sécurité, situé au rez-de-chaussée du palais. Les murs lambrissés chatoyaient doucement sous la lumière et la patine du temps. Des certificats et des proclamations royales y étaient épinglés et se mettaient à briller lorsque les rayons frappaient le verre qui les protégeait. Des centaines de volumes en cuir se pressaient sur les étagères.

L'IRR — Institut royal de renseignements — veillait à la sécurité et à la sûreté de la famille royale. Les gardes, tout comme leur chef, J.T., avaient été triés sur le volet et étaient tous issus de l'armée de Penwick.

Dans la pièce attenante se trouvait le bureau du roi. En son absence, son fidèle secrétaire, sir Selwyn, ne manquait pas à l'appel.

Enfin, Franklin raccrocha.

S'appuyant contre son dossier, il demanda :

— Qu'est-ce que c'est que cette histoire ? On me rapporte qu'hier tu as eu une altercation avec une journaliste devant les grilles du palais.

J.T. n'aurait pas dû être surpris, dans la mesure où peu de choses échappaient à la vigilance de Vaucour. N'était-ce d'ailleurs pas pour cette raison qu'il chapeautait l'IRR ?

— Il ne s'agissait pas véritablement d'une altercation. Elle voulait entrer, je m'y suis opposé et elle est partie.

— Oui, j'ai bien compris. Le problème, c'est que nous ne pouvons pas nous permettre d'offenser la presse.

— Cette journaliste était impossible. Le lieutenant Gimble devrait recevoir une décoration pour sa patience.

— Assez, Jeremy ! Tu sais comme moi que Jade Erickson est une journaliste fort populaire en ce moment.

Nerveux, J.T. croisa les jambes. Ses impressions se confirmaient. Il n'aimait pas du tout le tour que prenait la conversation.

— La reine ne manquerait pour rien au monde l'émission *Les gens de Penwick*.

— Ça, c'est de l'information ! ironisa J.T. Quel était le dernier sujet ? Les chats du palais ?

— Peu importe, fit Franklin. Une chose est sûre : ton ex-femme a réussi à se faire un nom.

— Je sais !

Peu de personnes sur cette île étaient au courant de leur mariage passé. Ils avaient divorcé bien avant que Jade ne devienne une star de la télévision. En tant que directeur de la cellule sécurité, Vaucour connaissait forcément ce « détail » de la biographie de son subordonné. Néanmoins, c'était la première fois qu'il l'évoquait.

— Que préconises-tu ? reprit J.T. Tu ne veux tout de même pas que nous lui ouvrions les portes des appartements privés !

— Non, fit Franklin en tapotant distraitement sur son bureau. Du moins, pas tout de suite. Mais on ne va pas pouvoir différer éternellement. Ce que je te propose, pour temporiser, c'est de lui faire visiter l'aile du palais fermée au public. Peut-être que cela la calmera.

— Détrompe-toi, je connais Jade. Elle veut une interview et ne se contentera pas d'une compensation.

— L'interview n'est pas encore au programme !

Quelque chose dans son ton alarma J.T.

— Y a-t-il du nouveau au sujet du roi ?

— Hélas, non ! Mais nous devons faire notre possible pour alléger la tâche de la reine.

J.T. hocha la tête, attendant que Vaucour poursuive. De fait, ce dernier ajouta :

— Bref, cela, c'est du ressort de l'EER ! Nous, nous devons nous contenter de la sécurité.

L'EER était le sigle de l'Equipe d'élite royale dédiée aux affaires politiques.

— Je comprends, fit J.T., tout en se demandant exactement où Vaucour voulait en venir.

A cet instant, celui-ci éclata d'un rire sec et se planta devant lui.

— J'en doute, fit-il, sinon tu ne serais pas aussi calme.

— Que se passe-t-il, Franklin ?

— Il faut que tu divertisses ton ex-femme, voilà ce qui se passe.

— Cela ne fait pas partie de mes fonctions, rétorqua J.T.

Abasourdi, il tentait de ravaler sa colère, se rappelant que quelle que soit l'estime que lui portait Vaucour, il n'en restait pas moins un supérieur.

— Tu la connais bien. Tu sais comment détourner son attention. Comment la rendre heureuse.

S'il avait su comment la rendre heureuse, pensa J.T., ils auraient encore été mariés aujourd'hui ! Non, c'était vraiment une mauvaise idée.

Une très mauvaise idée.

Et il ne se gêna pas pour le lui dire.

— Ça ne marchera pas. Jade ne me porte pas du tout dans son cœur.

— Fais un effort pour lui être agréable.

— Et ensuite ?

— Ensuite, elle aura son interview et on sera débarrassés.

Si seulement !

Depuis qu'ils s'étaient revus à travers les grilles du palais, il n'avait pas cessé un instant de penser à elle. Elle hantait la moindre de ses pensées, le traquait jusque dans ses rêves, l'envahissait au point qu'il ne pouvait plus aspirer la moindre bouffée d'air sans avoir l'impression de respirer son parfum.

Depuis ces fameuses retrouvailles, après trois ans d'absence, il n'avait soudain plus envie d'être « débarrassé » d'elle.

Et il en était le premier surpris.

Vaucour faisait les cent pas dans le bureau, sans le lâcher du regard.

— J'ai besoin de ta coopération, Jeremy. Et la reine aussi.

J.T. l'observa un instant. Dans les yeux de son supérieur, il pouvait lire le sérieux de la situation. Il était vrai qu'ils vivaient tous sous pression, depuis deux semaines, c'est-à-dire depuis que le roi avait été kidnappé.

Car telle était la raison du mystère qui planait sur le palais. Le roi n'était pas malade : il était porté disparu. Voilà pourquoi l'on préférait dans un premier temps tenir les journalistes à distance.

L'urgence était donc de calmer Jade afin qu'elle ne soupçonne pas la gravité de la situation. Allons, ce ne devait pas être une tâche insurmontable ! pensa-t-il pour se rassurer. Certes, leur histoire était tissée de disputes et de souffrances. Mais elle ne se résumait pas à cela !

Leur relation avait été unique.

Jamais il n'avait expérimenté une histoire si intense, si profonde avec aucune autre femme.

Néanmoins, Jade possédait un sacré caractère ! Elle avait le don de pousser l'homme le plus patient de la Terre dans ses retranchements. Elle ne renonçait jamais. La dernière preuve en date : quand elle avait secoué les grilles pourtant inébranlables du palais tout en le regardant sans ciller.

Rien ne l'intimidait.

Lui qui en général imposait le respect, de par son uniforme et sa fonction, entre autres choses, avait accusé l'affront.

Mais au fond, n'était-ce pas ce qu'il aimait en elle ? Le fait qu'elle ne se laisse intimider par rien ni personne ?...

Ce ne serait pas une femme facile à duper.

Et si Vaucour pensait qu'on pouvait la soudoyer en lui faisant visiter les jardins royaux, il se trompait lourdement.

Bon, si tout ce dont le palais avait besoin, c'était quelques jours de répit, il tenterait néanmoins de faire de son mieux. Peut-être que s'il manœuvrait adroitement, elle n'y verrait que du feu. Et puis, en passant un peu de temps en sa compagnie, il se pouvait aussi que l'attraction qu'il ressentait encore pour elle — ainsi qu'il avait pu le constater hier — meure de sa belle mort.

Peut-être était-ce ce dont ils avaient besoin, tous les deux : mettre un point final au processus de séparation entamé trois ans auparavant. En restant ensemble quelques jours, ils constateraient que leur relation n'existait plus.

Cette confrontation lui permettrait également de se pencher sur ses anciens démons, à savoir son machisme, qu'il reconnaissait désormais, sans en tirer la moindre fierté.

Oui, finalement, cette mission se révélait intéressante.

Tournant son regard vers Vaucour, il répondit :

— Très bien, je m'efforcerai de faire de mon mieux.

— Je savais que je pouvais compter sur toi, fit Franklin en souriant.

Quelques minutes plus tard, J.T. sortait du bureau de l'IRR et se dirigeait vers le corps de garde. Les rayons du soleil d'automne parvenaient enfin à percer le ciel nuageux.

« Profitons de l'accalmie », pensa-t-il. Car quelque chose lui disait que sa vie allait subir des influences orageuses…

3.

Ce matin-là, lors du briefing avec son équipe, J.T. avait la tête ailleurs. Son esprit avait vagabondé jusqu'à Jade… Il l'imaginait aisément dans un vaste bureau, donnant des ordres à un bataillon de sous-fifres…

Une fois qu'elle aurait fini de jouer les cheftaines, elle se calerait dans son grand fauteuil de cuir, et, tout en sirotant un café bien serré, peaufinerait le stratagème destiné à saccager la vie de son ex-mari.

Il voyait déjà sa bouche fabuleuse se fendre d'un petit sourire…

Autour de lui, les membres de la sécurité commentaient entre leurs dents les ordres de la journée. Bon sang, de quoi pouvaient-ils donc se plaindre ? L'unique tâche qui leur incombait, c'était de protéger le palais royal. La routine en somme, avec les risques qu'elle incluait bien sûr, comme se retrouver nez à nez avec un forcené… qu'ils parviendraient de toute façon à maîtriser en un rien de temps !

Pour sa part, une autre paire de manches l'attendait. Il allait devoir faire face à la seule femme qui l'ait jamais rendu fou.

Ses doigts se crispèrent sur son stylo. Ce matin, par pur masochisme, il avait commencé la journée en regardant les infos sur Pen-T.V. Et forcément, il avait vu le reportage de Jade. Son professionnalisme était indéniable.

Et quelle télégénie !

Elle fixait la caméra droit dans les yeux, un large sourire aux lèvres, tout en relatant avec une verve unique l'historique de grottes régionales, autrefois habitées par des contrebandiers.

Une lueur de malice s'était allumée dans sa prunelle lorsqu'elle avait fait allusion à une croyance locale qui voulait que les fantômes des anciens pirates hantent encore aujourd'hui ces lieux sombres et humides.

Amusé, il s'était mis lui aussi à sourire… avant de se ressaisir brusquement ! Comment pouvait-il se laisser enjôler par ce sourire dont elle lui avait retiré l'exclusivité pour le dédier à la caméra ?

Dire qu'ils auraient pu être si heureux, tous les deux…

Il préférait également oublier la force éclatante de sa beauté au naturel, sa chevelure gonflée par le vent, son visage troublant zébré par les grilles, avec, en toile de fond, la mer mugissante. Une mer dont ses yeux vert foncé semblaient avoir emprisonné quelques vagues…

Assez !

Il devait se débarrasser de cette image obsédante.

Cesser de l'idéaliser.

De toute façon, elle allait bientôt reparaître en chair et en os, et son entêtement infatigable conjugué à sa forte personnalité finirait par l'agacer…

Forcément.

L'icône se briserait alors d'elle-même en mille morceaux.

*
* *

Après une nuit des plus agitées, Jade n'avait guère envie de se voir une nouvelle fois refouler aux portes du palais.

Et encore moins d'être filmée à son insu par un psychopathe ! La vidéo l'avait plongée dans un tel malaise qu'elle avait passé une bonne partie de la nuit assise dans son lit, avec à portée de main son club de golf, la seule arme qu'elle eût trouvée.

Cela faisait des semaines qu'elle recevait des lettres anonymes. Des billets de plus en plus insidieux. Mais avec cette vidéo, une nouvelle étape avait été franchie.

Néanmoins, qui que fût leur auteur, elle ne permettrait pas qu'il lui mette des bâtons dans les roues et l'empêche d'effectuer son travail.

Un instant, elle avait songé à se terrer chez elle, puis s'était bien vite ravisée. Cette mise hors circuit délibérée aurait tout simplement signifié que la sinistre personne qui tentait de la terroriser avait atteint son but.

Pas question de capituler !

En outre, rien ne lui garantissait qu'en se cachant, elle serait à l'abri du danger. Peut-être était-il préférable, au contraire, de rester sous les feux de la rampe. Qui oserait venir l'enlever à Pen-T.V ? Ou commettre un rapt sur sa personne devant la caméra ?

La meilleure solution, c'était encore de ne rien changer à ses habitudes et de faire comme si aucune menace ne planait.

Non, elle ne se laisserait pas impressionner !

Elle avait trop lutté pour exercer son métier, consenti à trop de sacrifices. Elle avait même renoncé à l'homme qu'elle aimait, c'était tout dire !

Elle assumait ses choix et personne ne la détournerait de sa route.

Ce matin, elle n'était pas allée aux studios. Au premier journal, la chaîne diffusait toujours un reportage préenregistré. En revanche, elle avait appelé Harry pour qu'il passe la prendre et la conduise au palais. Autant affronter le lion dans sa tanière aussi.tôt que possible !

— Tout va bien ? lui demanda Harry tandis qu'ils filaient sur la rocade menant au palais.

— Super, répondit-elle en lissant sa jupe de toile kaki.

— Tu n'as pourtant pas l'air très bien.

— Merci, Harry ! On peut dire que tu sais parler aux femmes, railla-t-elle.

Harry et elle travaillaient ensemble depuis deux ans, et il était l'un de ses meilleurs amis, à Pen-T.V. D'emblée, il avait remarqué qu'un souci la tracassait.

— Je trouve que tu as l'air fatiguée, insista-t-il.

Et elle qui croyait encore que les cosmétiques pouvaient faire des miracles ! Instinctivement, elle rabattit le pare-soleil et se regarda dans le petit miroir...

La barbe ! Harry avait raison.

En soupirant, elle releva le pare-soleil et concéda :

— Je n'ai pas beaucoup dormi, la nuit dernière.

— Tu as encore reçu une lettre ? lui demanda-t-il d'une voix tendue.

— Non, répondit-elle laconique.

Elle avait pris le parti de ne rien lui révéler au sujet de la cassette pour la simple et bonne raison qu'elle n'avait pas envie de l'inquiéter. Il se faisait déjà suffisamment de souci concernant les lettres anonymes ! En revanche, elle avait pris la vidéo dans l'intention de passer au poste de police, cet après-midi. Aux policiers, elle pourrait se confier sans état d'âme, étant donné qu'ils ne s'alarmaient nullement de la situation.

En outre, la cassette ne constituait pas la seule raison de son insomnie. J.T y était aussi pour quelque chose ! Toute la nuit, son souvenir l'avait hantée et, dans un demi-sommeil, elle avait même eu l'impression de sentir les doigts de son ex-mari caresser son corps…

Comment se reposer, dans un tel état d'esprit ?

Si maintenant elle avait des hallucinations !

— Ouf, répondit Harry l'arrachant à ses méditations, voilà qui me rassure un peu ! Mais dis-moi, Jade, pourquoi tiens-tu à ce que nous nous rendions au palais de si bon matin ?

— Je veux le prendre de court. Il m'attend en soirée, je vais me présenter à la première heure.

Harry ne répondit pas immédiatement. Sans mot dire, il s'arrêta à un passage clouté pour laisser passer un groupe d'enfants. Leurs éclats de rire flottaient encore dans l'air lorsqu'il déclara :

— Honnêtement, je ne pense pas que ce soit le genre d'homme à se laisser prendre de court.

— Je le connais mieux que tu ne crois, marmonna-t-elle en fixant la route. Et puis, il y a un début à tout.

— Si tu le dis… Tout comme la foudre peut vous tomber dessus à chaque instant, ou une voiture vous renverser à chaque coin de rue…

— Voilà, tu as tout compris, approuva-t-elle en éclatant de rire.

Comme il garait le 4 x 4 sur l'aire réservée aux autobus de visiteurs, aux portes du palais, Harry la jaugea un instant, puis déclara :

— Je doute que lui te comprenne aussi bien. Et même si tu déploies tous tes charmes, à mon avis, on ne te laissera pas entrer.

A travers le pare-brise, elle contempla le palais, qui s'élevait dans toute sa majesté à une centaine de mètres du 4 x 4. Des sentinelles montaient la garde de part et d'autre des grilles, fusil sur l'épaule. Et aucune d'elles ne semblaient particulièrement amènes !

Néanmoins, en tant que sujette de Penwick, elle pouvait accéder à l'aile publique du palais sans avoir fait de demande préalable. Aussi pourrait-elle passer les fameuses grilles qui, hier soir, étaient déjà closes quand elle était arrivée.

Et qui sait, une fois à l'intérieur, ce qui pouvait se produire ?

Elle prendrait tranquillement son billet à l'entrée, attendrait l'heure de la prochaine visite groupée — puisque seul ce genre de visite était autorisé — et ensuite, eh bien, en allant aux toilettes, par exemple, elle pourrait s'égarer dans les dédales du palais...

Et si, par le plus grand des hasards, elle se retrouvait dans les appartements privés de la famille royale, qui pourrait la blâmer pour son sens de l'orientation défaillant ?

Franchement il ne pouvait rien lui arriver de grave.

Et d'ailleurs, qu'avait-elle à perdre ?

— A quoi penses-tu ? lui demanda soudain Harry. Je n'aime pas trop la lueur qui brille dans tes yeux, en ce moment...

— Aujourd'hui, lui annonça-t-elle dans un sourire désarmant, je vais m'introduire dans le palais.

— Tu tiens réellement à ce qu'on nous arrête ? fit Harry d'un ton lugubre.

— On demandera des cellules voisines, lança-elle alors d'un air moqueur. Et puis ce serait une excellente occasion de visiter le donjon.

— Quelle consolation !

— Allons, Harry, détends-toi ! T'ai-je jamais entraîné dans une sale histoire ?

— Voyons voir, fit-il en fronçant les sourcils.

Il fit alors mine de se remémorer les aventures dans lesquelles Jade l'avait entraîné. Mais tous deux savaient pertinemment qu'il n'avait nul besoin d'interroger longuement sa mémoire ! Les exemples étaient en surnombre !

D'un œil malicieux, il enchaîna :

— Il y a eu le reportage sur la marine royale, lorsque nous nous sommes retrouvés bloqués sous le pont du porte-avions au moment où l'avion décollait.

— Oh, ce fut l'histoire d'une petite heure ! Ensuite on nous a délivrés.

— Je te l'accorde, mais cette heure-là m'a semblé une éternité. Un autre exemple, peut-être ? Le reportage sur la montgolfière, lorsque, *accidentellement*, tu as tiré sur la corde et que le ballon s'est envolé… avec nous dans la nacelle !

— Eh bien quoi ? Nous avons atterri sans problème.

En outre, ce reportage avait remporté un vif succès. Bon, d'accord, elle concédait qu'elle n'était pas une partenaire de tout repos et que son côté baroudeur pouvait parfois faire trembler Harry. Néanmoins, elle était persuadée qu'il appréciait lui aussi le tandem qu'ils formaient.

— Ensuite, poursuivit Harry en lui jetant un regard en biais, il y a eu la fois où…

— C'est bon, Harry, fit-elle en levant les bras, un sourire aux lèvres, je capitule. Nous avons connu ensemble quelques mésaventures, mais finalement, nous avons survécu, non ?

— Selon le dicton, Dieu protège les fous et les ivrognes.

— Dans la mesure où je ne bois pas, je ne vois absolument pas dans quelle catégorie tu me ranges, fit-elle en toute mauvaise foi.

— Pour ma part, j'avoue qu'il me faut parfois quelques remontants pour me remettre des émotions que tu me procures !

Elle osa un timide sourire.

— Allons, Harry, on arrête là les souvenirs de guerre, d'accord ? On a du pain sur la planche.

— Franchement, Jade, je ne comprends pas la raison de ton obstination. Pourquoi tiens-tu absolument à obtenir cette interview ? On dirait presque que ta vie en dépend.

Il s'interrompit un instant, tandis qu'elle détournait les yeux en arborant un air de profond ennui. Tant pis si elle l'assimilait à un moraliste ! Il lui dirait jusqu'au bout ce qu'il pensait de son attitude.

— Franchement, je ne saisis pas l'urgence de cet entretien, poursuivit-il. Lorsque le roi sera rétabli, la reine représentera une bien meilleure interlocutrice dans la mesure où elle se réjouira d'être porteuse d'une bonne nouvelle.

— C'est justement le défi à relever qui m'intéresse.

Et c'était précisément pour ce genre de gageure qu'elle avait divorcé, ajouta-t-elle *in petto*. D'ailleurs, grâce à ses scoops, elle occupait aujourd'hui une place privilégiée à Pen-T.V. Au rayon faits divers, elle avait déjà donné. Les chiens écrasés et les pyromanes, merci beaucoup, ce n'était plus au programme ! Elle n'avait pas quitté J.T. pour être une journaliste médiocre, mais devait constamment se surpasser, seul moyen de justifier son divorce à ses propres yeux.

Détachant sa ceinture, elle ouvrit la portière et sauta hors du 4 x 4.

— Je vais voir à quelle heure a lieu la prochaine visite guidée, annonça-t-elle. A moins que je ne croise Jeremy Wainwright et qu'il ne m'accorde une visite en solo.

— Tout cela ne me dit rien qui vaille, observa Harry.

— Cesse de jouer les Cassandres, lui conseilla-t-elle en rajustant sa saharienne accordée à sa jupe. A tout à l'heure. Rejoins-moi aux grilles avec la caméra.

Là-dessus, elle s'éloigna, presque insouciante, en faisant claquer ses talons sur les pavés. Hochant la tête d'un air sceptique, il descendit à son tour du 4 x 4 pour aller chercher le matériel à l'arrière.

Il la regarda s'approcher des grilles, nullement surpris de la voir revenir à l'assaut de si bonne heure. Elle était si entêtée ! Comme lui, en somme, pensa-t-il tendrement. De fait, il savait qu'elle débarquerait à la première heure. Jade ne renonçait jamais. Leur mariage avait été l'exception qui confirme la règle.

Waouh, quelle femme !

Elle était encore plus belle qu'au premier jour. Et pourtant, il aurait juré alors qu'elle était au summum de sa beauté.

Sa silhouette aurait été capable de tenter un saint !

Sa chevelure, lascivement agitée par le vent, cascadait sur sa veste kaki tandis que ses élégants escarpins renforçaient sa démarche ondoyante.

Mon Dieu, pensa-t-il, comment les femmes pouvaient-elles se jucher sur de si hauts talons ?

Encore que…

Il aurait été de mauvaise foi de s'en plaindre. Au contraire, il leur était plutôt reconnaissant d'accepter un tel sacrifice pour avoir l'air plus sexy.

Son regard glissa sur les jambes de Jade...

Un regard des plus appréciateurs.

Puis il releva la tête...

Même à cette distance, il lui était aisé de lire la détermination qui animait ses yeux vert océan.

Pourtant, elle n'était pas la seule à devoir faire son métier, pensa-t-il en se rapprochant à son tour des grilles. Sa tâche à lui, c'était de la distraire ! Il allait donc s'y atteler.

D'un geste de la main, il ordonna aux deux gardes de reculer et se planta devant la grille...

— Bonjour, J.T.

— Salut, Jade.

Désignant les grilles, elle déclara :

— Je constate que nous sommes toujours dans la même impasse...

— Au contraire, lui dit-il.

Il eut alors le plaisir de voir briller une étincelle de curiosité dans ses prunelles.

— Vraiment ? fit-elle. Parce que, de mon point de vue, je suis toujours du mauvais côté de la barrière.

— Nous n'avons jamais été du même côté, n'est-ce pas, Jade ? C'est là tout notre problème.

— J.T., je...

— Allons, aujourd'hui, peut-être allons-nous pouvoir y remédier.

Cette fois, la suspicion qui traversa les yeux de la belle Jade lui donna envie de sourire. En un rien de temps, il ouvrit les grilles et l'invita à entrer. Elle demeura immobile, laissant son regard dériver vers les grilles ouvertes, avant de le fixer de nouveau sur lui.

— Que se passe-t-il ?

— Permets-moi de te retourner la question, fit-il en prenant son air le plus innocent. Ne me fais-tu pas confiance, Jade ?

— Devrais-je ?

A ces mots, J.T. éclata de rire.

Bon sang, ce qu'elle lui avait manqué !

Tout en elle lui avait manqué. Ses colères, son affection, son rire... Dieu sait pourtant s'il avait tenté de juguler sa nostalgie ! Et voilà qu'il était revenu au point de départ : totalement livré au charme de cette sublime créature.

— Allons, Jade, tu vas finir par me blesser...

— Te blesser ? Pour cela, il me faudrait un lance-flamme.

De nouveau, il se mit à rire, sans se soucier du regard étonné des gardes.

Puis il franchit les grilles, et vint se placer tout près d'elle pour l'inviter à entrer. Si près, qu'il aurait juré que la chaleur qui émanait du corps de Jade se communiquait au sien...

Et puis il y avait ce parfum...

Une onde fleurie tournoyait autour de lui, cherchant à l'assaillir par son point faible.

Soudain, son œil d'aigle se posa sur le cameraman qui, caméra sous le bras, se dépêchait de les rejoindre. Jade suivit son regard et déclara :

— C'est Harry, mon équipier. Vous avez déjà fait connaissance hier, tu te rappelles ?

— Oui, je m'en souviens...

En réalité, il n'avait pas envisagé la présence de ce collègue encombrant. Il devait à tout prix se débarrasser de lui. Aussi ajouta-t-il :

— Ecoute, Jade, on m'a donné le feu vert pour une petite visite dans les jardins privés, mais l'autorisation vaut uniquement pour toi et sans caméra.

Elle leva les yeux vers lui, et le fait qu'elle dût incliner la tête en arrière pour le regarder le remplit de satisfaction. Même si, hélas, sa taille imposante ne l'avait jamais impressionnée !

— Pardon ? dit-elle sur le ton de la dérision. Un tour dans les jardins privés ? Tu te paies ma tête ? Je veux une interview avec la reine. Les jardins, j'ai déjà fait un reportage dessus le mois dernier !

— Navré, ta visite se bornera aux jardins.

— Il me faut autre chose à me mettre sous la dent, J.T. Si je n'obtiens pas cette interview, la chaîne enverra un autre journaliste à ma place.

— Est-ce une menace ?

— Non, une promesse. On pourrait très bien t'adresser Vincent Battle.

— Oh, rien que ça ! C'est donc bien une menace. Un journaliste sans la moindre déontologie, qui est la honte de Pen-T.V.

— Tu vois, fit-elle d'un ton triomphant, nous sommes d'accord sur un point : il est préférable que ce soit moi !

— Désolé, on en restera aux jardins.

A ces mots, elle planta un poing sur sa hanche. De toute évidence, elle luttait contre ses pulsions et refrénait sa fureur. Néanmoins, les éclairs qui dansaient dans ses yeux trahissaient sa colère. Jade était une véritable ode à la vie, pensa-t-il alors. Elle vibrait de toute part. Malgré lui, il coula un regard vers son chemisier couleur abricot, dont la soie caressait ses seins…

Le désir creusa ses reins.

Passant rapidement une main sur son visage pour revenir à lui, il déclara :

— Ecoute, je ne peux rien te promettre, mais si tu acceptes d'être patiente pendant quelques jours...

— Patiente ? reprit-elle en écho comme s'il s'agissait d'un mot étranger dont elle ne saisissait pas bien le sens.

— Accepte mon offre, Jade. C'est la seule que je puis te faire.

Ses yeux avaient maintenant la couleur des jours où l'orage donne un baiser à la mer.

— J.T., demanda-t-elle alors, ai-je vraiment quelque chose à espérer de cette visite privée, ou bien représente-t-elle juste pour toi un moyen de te débarrasser de moi ?

Elle le fixait avec intensité, tentant d'évaluer si elle devait ou non accepter le marché. Difficile d'être rationnelle face à cet homme, au langage sensuel de son corps et à la sublime raucité de sa voix.

Etait-elle la seule à se rappeler les jours anciens, l'époque bénie du bonheur ? Est-ce que lui aussi se souvenait du temps merveilleux mais bien trop court qu'ils avaient passé ensemble ?

— Eh bien, reprit-il sans répondre à ses interrogations, acceptes-tu mon offre ?

— Quelle offre ? demanda alors Harry en se rapprochant d'eux.

— Pas de caméra, donc ? fit Jade s'adressant toujours à J.T., sans accorder la moindre attention à son vieux compagnon de route.

— Comment cela, pas de caméra ? s'insurgea ce dernier. Nous faisons de la télévision, pas de la radio !

— Essaie de convaincre M. Wainwright, rétorqua Jade les yeux toujours rivés sur J.T.

— C'est la seule proposition que je puisse te faire, Jade. A prendre… ou à laisser.

Jade ne risqua pas un œil vers Harry. Elle savait quelle relation il entretenait avec sa caméra. Elle faisait corps avec lui, et il ne concevait pas une visite sans elle. Certes, elle aurait dû être solidaire, car ils formaient une équipe…

D'un autre côté, ne devait-elle pas tirer profit de l'aubaine ?

Leurs yeux étaient toujours enchaînés… Elle sentit l'air vibrer entre eux, comme un paysage tremblote sous une chaleur trop vive. Elle avait tellement rêvé de revoir l'homme qu'elle avait aimé éperdument, autrefois. Or, à présent que cette rencontre avait eu lieu, elle éprouvait une sorte de crainte, qui lui dictait de faire machine arrière.

Pire : de prendre ses jambes à son cou et de s'enfuir…

Allons, elle n'allait pas réitérer son erreur et fuir encore ! Non, cette fois, elle l'affronterait. Si seulement elle pouvait maîtriser ses pulsions et les empêcher de se réveiller à toute vitesse chaque fois qu'elle se tenait près de lui !

Hélas, elle craignait que cela fût un vœu pieux… !

O.K., elle allait accepter sa proposition.

Avait-elle le choix ?

Soit elle visitait les jardins privés en sa compagnie, soit elle attendait la prochaine visite guidée. Avec J.T., cependant, elle pourrait aller au-delà du parcours habituel. Et puis, pensa-t-elle en sondant attentivement son regard, elle pourrait toujours lui fausser compagnie sous le prétexte d'aller aux toilettes. Comme ce qu'elle avait envisagé de faire avec un groupe.

Cette idée fermement ancrée dans son cerveau, elle se tourna vers Harry et lui dit :

— Tu peux rentrer à la chaîne. Je prendrai un taxi lorsque j'aurais terminé.

Harry grommela dans sa barbe, mais ne bougea pas d'un pouce. Quelques secondes plus tard, Jade tendait sa main droite à J.T. en lui disant :

— Marché conclu !

Lorsqu'il lui prit la main, une coulée de chaleur se répandit instantanément le long de son bras, et embrasa bientôt le reste de son corps.

La violence du choc la stupéfia.

Et, aux yeux de J.T., elle comprit que ce contact lui avait fait exactement le même effet qu'à elle. Quelle surprise leur réservait encore cette visite ?

4.

Dès l'instant où Jade retira sa main, J.T. éprouva une sensation de perte. La chaleur qui imprégnait ses doigts perdura, une chaleur qu'il n'avait plus connue depuis trois ans.

Scrutant ses prunelles, il détecta aisément chez elle le même trouble et comprit également qu'à son exemple, elle préférait l'ignorer.

Curieux, tout de même, que le destin les réunisse après tout ce temps ! Ultime ironie du sort : elle l'avait abandonné pour assouvir sa soif de carrière, et voici que son métier, précisément, les mettait de nouveau en présence — et en opposition.

— Jade…

C'était Harry qui tentait une nouvelle fois de plaider sa cause.

— Ecoute, Harry, lui dit-elle, je vais visiter les jardins avec J.T., ainsi qu'il me l'a proposé.

— Dans quel intérêt, puisque nous ne pouvons pas filmer ? objecta le cameraman.

A cet instant, Jade se rapprocha de lui et, le prenant par le bras, l'entraîna à l'abri des oreilles indiscrètes de J.T.

— Je joue le jeu pour obtenir davantage, tu comprends ? Instaurer une confiance qui nous permettra ensuite d'arriver à nos fins.

Harry lança une œillade sceptique à l'imposante silhouette qui scrutait avec attention le petit conciliabule, puis conclut :

— Je doute que cet homme te facilite la tâche.

La bonne blague !

J.T. lui avait toujours compliqué la vie, alors un peu plus ou un peu moins... En somme, c'était une question de routine.

Jetant un coup d'œil sur sa montre, elle déclara avec détermination :

— Il est 9 heures, je serai de retour à la chaîne vers midi. Déjeunons ensemble, d'accord ?

Harry acquiesça du chef, mais il était manifeste que le tour que prenaient les événements ne lui plaisait guère. Néanmoins, sans insister, il regagna le 4 x 4.

Elle le regarda s'éloigner non sans un petit pincement au cœur.

Avait-elle raison de rester ? se demanda-t-elle subitement.

La perspective de rentrer avec Harry puis de mettre au point ses reportages de la semaine suivante, confortablement installée derrière son bureau, lui parut un instant bien plus tentante que de passer une matinée en compagnie de J.T.

Ou à tout le moins plus relaxante...

Allons !

Son ex-mari représentait pour elle l'unique moyen de s'introduire dans le palais... et d'obtenir une interview de la reine.

Forte de cette pensée, elle revint vers J.T. Arrivée à sa hauteur, elle se campa devant lui et demanda d'un air presque défiant :

— Prêt ?

— Plus que jamais, répondit-il.

Et il s'effaça pour la laisser passer.

Une heure et demie plus tard, Jade saturait.

Elle avait contemplé bien plus de rosiers et de statues qu'elle n'en verrait durant tout le reste de son existence. Assurément, les jardins royaux étaient splendides. Pas la moindre mauvaise herbe n'échappait aux soins des jardiniers. Aucune feuille égarée ne venait moucheter les sentiers en pierre blanche. Chaque rose était un modèle de perfection, et un filtre invisible paraissait tamiser le soleil qui baignait cet enclos paradisiaque.

Des statues en marbre, sculptées des siècles plus tôt, se dressaient dans toute leur splendeur à intervalles réguliers, aussi magnifiques et virginales qu'au premier jour.

De l'eau jaillissait des fontaines et une agréable brise marine se glissait subrepticement au-dessus des hauts murs d'enceinte pour inonder le tout d'une douceur indicible.

Pour sensible qu'elle fût à cette beauté, Jade n'en perdait pas son but de vue. Ses yeux demeuraient rivés aux parois de verre qui longeaient les jardins sur toute une longueur. Car, derrière ces vitres mystérieuses, se trouvaient les appartements privés de la famille royale et les personnes qu'elle souhaitait interviewer...

Si proches et si inaccessibles à la fois.

J.T. ne la lâchait pas d'une semelle. Et en sa compagnie, le souvenir du bon vieux temps lui revenait par bouffées. Elle se rappelait les promenades qu'ils faisaient en amoureux, le long de la côte… Une merveilleuse sensation de paix et de sécurité l'enveloppait alors tandis qu'une faim indéfinissable la tenaillait.

Aujourd'hui, tout était différent.

L'intimité les avait déserté.

Seules demeuraient les réminiscences vaporeuses d'un bref mariage qui n'aurait jamais dû avoir lieu.

— Le marbre utilisé pour ces statues provient des montagnes Aronleigh, lui disait J.T.

— Oui, je le sais déjà, fit-elle d'un ton ennuyé.

— Navré.

Quel hypocrite ! pensa-t-elle. Il n'avait nullement l'air désolé. Bien au contraire, il paraissait amusé. Comme si la frustration qu'elle ressentait durant cette visite lui procurait à lui un certain plaisir.

Et dire que, quelques minutes plus tôt, elle éprouvait comme une nostalgie du bon vieux temps ! Quelle idiote !

— Tout cela, c'est très joli, J.T., mais ces jardins enchanteurs font partie du patrimoine de l'île, et les enfants de Penwick sont initiés à leur architectonique dès leur première année de primaire.

— Je te l'accorde. Néanmoins, rares sont ceux qui ont le privilège de venir les visiter.

— Une rose est une rose, quel que soit l'endroit où elle pousse, décréta-t-elle alors, agacée.

Fourrant les mains dans ses poches, il aspira une large bouffée d'air et admit tout à trac :

— Oui, je sais, moi aussi cette visite me barbe.

— Alors pourquoi la faisons-nous, si elle nous ennuie tous les deux ?

— Parce que tu ne veux pas partir, répondit-il en lui lançant un regard noir.

De toute évidence, il la souhaitait au diable ! Ce qui n'avait pas toujours été le cas...

A cet instant, Jade se dirigea vers un banc situé près d'une fontaine où un dauphin de marbre rejetait artistiquement de l'eau par la bouche.

— Je ne *peux* pas partir, décréta-t-elle.

— Pourtant, tu n'as pas toujours eu des difficultés à partir...

— Pendant combien de temps encore vas-tu me rappeler cela ?

— Combien de temps avons-nous devant nous ?

— J.T., pour l'amour du ciel ! s'exclama-t-elle, désarmée.

Un curieux sentiment s'empara alors de son être : sans comprendre pourquoi, elle éprouva l'urgente envie de se lover contre lui et de sentir ses mains viriles et habiles reprendre possession de son corps brûlant.

Là, sur-le-champ !

Mon Dieu, d'où lui venaient ces terribles pulsions ? se lamenta-t-elle en lissant prudemment sa jupe et en la ramenant sagement sur ses genoux.

— Nous étions alors des enfants, plaida-t-elle.

— Tu avais vingt-cinq ans, et moi vingt-neuf. Nous étions trop âgés pour être encore des enfants.

— Tu as raison ! fit-elle sèchement. En ce qui te concerne, j'ai l'impression que tu n'as jamais été un enfant mais que tu es né adulte !

— Merci, c'est charmant !

— C'est vrai, insista-t-elle. Toi, tu as toujours su où tu voulais aller, quels étaient tes buts. A l'époque, je sortais de la fac, je me cherchais encore.

Ses études avaient duré plus que la normale, car, parallèlement, il lui avait fallu travailler pour payer la fac. Une fois diplômée, elle avait rencontré J.T., et avait été emportée par un fougueux tourbillon d'amour et de désir.

Six mois plus tard, ils étaient mariés.

Quatre semaines après, Jade désertait le foyer conjugal.

Et depuis, plus rien n'avait été comme avant pour elle.

— Tu savais au moins que tu voulais m'épouser, murmura-t-il en prenant place à côté d'elle.

— Ce que je voulais, c'était être auprès de toi. Tu m'étais aussi vital que l'air que je respirais. Tu m'as entraînée dans le mariage sans que je comprenne ce qui m'arrivait.

— Donc, si je comprends bien, c'est ma faute.

— Je n'ai pas dit cela.

— Bien sûr que si ! A t'entendre, c'est par la ruse que je t'ai contrainte au mariage.

— Non, juste par la force de tes baisers, constata-t-elle dépitée.

Il l'avait subjuguée au point qu'elle aurait pu le suivre sur la lune s'il le lui avait demandé. Alors le mariage, puisqu'il y tenait..., elle avait acquiescé les yeux fermés !

Quel enseignement devait-elle en tirer ?

Qu'elle était dépourvue de volonté ?

Peut-être... Du moins, en ce qui concernait J.T.

Et de toute façon, cette faiblesse appartenait au passé, s'empressa-t-elle d'ajouter à son raisonnement. Depuis, elle avait mûri, évolué. O.K. ?

— Ce n'était la faute de personne, finit-elle par dire, d'une voix à peine audible. Notre couple n'a pas marché, c'est tout.

— Parce que tu n'as pas fait d'efforts.

— Non ! se récria-t-elle. Parce que je refusais de voir le monde par le petit bout de *ta* lorgnette !

— Je doute qu'un mariage éclair de quatre semaines soit suffisant pour déduire qu'il y a incompatibilité entre deux êtres.

— Allez, J.T., reconnais-le : tu voulais faire de moi une femme au foyer. Tu ne m'écoutais pas quand je t'affirmais que j'aspirais à autre chose.

— Je voulais te protéger, c'est tout, se défendit-il.

— J'étais assez grande pour prendre soin de moi !

— Tu ne nous as pas donné une chance, lui reprocha-t-il durement. Tu n'as pas attendu que nous trouvions un équilibre.

— Un équilibre ?

Elle laissa fuser un petit rire sec avant de reprendre :

— Je t'en conjure, J.T., n'emploie pas des termes dont tu ignores le sens. Tu voulais m'imposer *ta* conception de la vie. Or, elle ne me convenait pas, voilà pourquoi je suis partie !

— C'était une démission, Jade, tu as renoncé.

Elle sentait la fureur l'envahir progressivement, lui nouer la gorge comme elle tentait de la maîtriser. Elle serra les mâchoires pour éviter de crier sa façon de penser.

Bon sang ! Comment faisait-il pour allumer de telles colères en elle, des colères si lourdes de conséquences.

Il était resté fidèle à lui-même, pensa-t-elle rageuse, toujours aussi intransigeant. En revanche, elle, elle avait changé !

Secouant la tête, elle répondit :

— Je n'ai pas envie de rentrer dans ton jeu, J.T. Cette époque-là est révolue.

Brusquement, elle se leva, décidée à ramener la conversation sur un terrain plus actuel. Elle aspira de larges bouffées d'air avant de poursuivre :

— Je suis ici pour faire mon travail, J.T. Pas pour me quereller avec toi. Tout pourrait être si simple !

A son tour, il se leva et rétorqua, ironique :

— Effectivement, si on répondait favorablement à tes exigences insensées !

Une fois de plus, sa voix rauque la fit frissonner insidieusement, mais elle préféra l'ignorer.

— Ma requête est tout à fait raisonnable, se défenditelle.

Plongeant son regard dans le sien, il demanda alors :

— Ne t'a-t-il jamais traversé l'esprit que Sa Majesté pouvait avoir une bonne raison de refuser les interviews ?

— L'opinion publique…

— A le droit de savoir, je sais. C'est l'éternel refrain des journalistes dès qu'ils n'obtiennent pas ce qu'ils veulent.

— C'est la vérité, c'est tout.

— Peut-être, tout comme les gens ont droit à une vie privée.

— La famille royale ne fait pas partie des gens ordinaires, objecta-t-elle alors. C'est elle qui fait l'actualité.

— Elle n'en est pas moins composée de personnes, d'êtres humains.

Leurs regards butés se croisèrent. Décidément, ils ne s'en sortaient pas. Ils échouaient toujours sur les mêmes écueils : soit leur mariage raté, soit le droit à l'information ou à la vie privée.

— Je n'ai pas l'intention de verser dans le voyeurisme, l'informa-t-elle. Je veux juste faire mon métier et rassembler des informations susceptibles de rassurer mes concitoyens sur leur souverain et leur île. Qu'y a-t-il de répréhensible dans cette démarche ?

Excédée, elle haussa les épaules et lui tourna le dos.

Et sentit bientôt sa main impérieuse se poser sur son épaule… Il la contraignit à se retourner.

— Ah, c'est donc d'altruisme qu'il s'agit ? Tu ne cherches pas à faire un scoop et à parader derrière la caméra, mais tu agis uniquement dans l'intérêt de tes compatriotes. Excuse-moi, je n'avais pas compris.

Il va sans dire que son ton était des plus ironiques.

En outre, ses deux mains agrippaient à présent les épaules de Jade et elle sentait l'empreinte de ses doigts à travers l'étoffe de ses vêtements, comme s'il la marquait au sceau de sa chaleur.

Il lui fallut deux ou trois secondes pour réagir.

— Tu as raison. Je n'agis pas uniquement au nom du droit à l'information des gens de Penwick mais aussi parce que c'est mon métier. Et je ne veux pas laisser passer une seule occasion d'asseoir une carrière pour…

Elle s'interrompit brusquement, confuse.

— Pour laquelle tu m'as quitté, c'est cela ?

— J.T., on ne va pas recommencer !

— O.K., restons-en là pour l'instant.

Pour l'instant ?

Au fond, elle n'était pas pressée de rompre le contact. Et les mains de J.T. sur ses épaules étaient si rassurantes… Elle savourait sans se poser de questions la chaleur qui passait directement des doigts de J.T. à ses veines.

Cela faisait si longtemps !

Et tandis que des spirales de chaleur se formaient en elle, des sueurs froides se mirent néanmoins à couler dans son dos… Sa bouche s'assécha et ses jambes faiblirent.

Tout en elle lui criait de faire un pas en avant, de se presser contre son torse si puissant et si rassurant, et de se laisser enlacer par ses bras musclés.

Elle mourait d'envie de poser la tête sur sa poitrine et d'entendre les battements réguliers de son cœur. Histoire de se rappeler combien il était doux, autrefois, de s'endormir tranquillement dans ses bras, après l'amour…

La violence de son désir l'effraya. Aussi, pour s'en garder, décida-t-elle de contre-attaquer.

— Le roi est malade, son frère le remplace au pied levé, le prince Dylan vient juste de rentrer à Penwick après de longs mois d'absence et la princesse Megan est enceinte ! résuma-t-elle. Et, en dépit de tout cela, il faudrait faire comme si rien ne se passait ? Le pays est en ébullition et personne ne daigne parler à la presse ! C'est tout de même incroyable ! Serions-nous revenus au temps de la monarchie absolue ?

A ces mots, il la relâcha.

Elle fit un pas en arrière, déstabilisée, avant de reprendre bien vite son équilibre.

Comme elle était excitante !

Dès qu'il la touchait, l'effleurait, le désir ardent qu'il ressentait pour elle autrefois se réveillait, intact. Malheureusement, il ne pourrait jamais plus l'assouvir. Il l'avait perdue à jamais.

Pour regrettable qu'elle fût, cette réalité était aussi concrète que la fuite de Jade, trois ans auparavant.

Il la revoyait encore, valise à la main, front buté. En guise d'au revoir, elle lui avait concédé un regard sombre…

Confus, il passa une main dans ses cheveux. On attendait trop de lui. Vaucour l'avait surestimé. Il aurait dû confier cette mission à un autre officier, car elle était au-dessus de ses forces. En effet, Jade avait raison sur un point : le palais était la proie de nombreux bouleversements, ces temps-ci. Et sa tâche à lui consistait précisément à ne rien laisser filtrer de cette boîte de Pandore.

— Allons-y, décida-t-il brusquement en lui prenant le bras d'autorité.

— Où ? se récria-t-elle.

— Dans un lieu où nous pourrons discuter sans que je craigne à chaque instant que tu me fausses compagnie pour t'introduire dans le salon.

A son expression, elle saisit qu'il avait percé ses intentions. De fait, dès qu'elle avait accepté cette visite, il avait compris qu'elle nourrissait des arrière-pensées — et notamment celle d'échapper à sa vigilance et de visiter le palais à *sa* façon.

Les reporters avides de sensationnel, il les repérait d'instinct. Jade n'échappait pas à la règle. A lui d'évaluer l'information qu'il pourrait lui livrer pour calmer sa curiosité, et non l'éveiller.

Une heure plus tard, ils roulaient toujours.

Le paysage défilait à vive allure derrière la vitre et elle se cramponnait à l'accoudoir de la portière. A la dérobée, elle observa J.T., au volant du cabriolet. Pourquoi conduisait-il si vite ? Et pourquoi fallait-il que son pouls à elle batte si fort, tandis qu'ils longeaient la côte ?

Les deux mains bien accrochées au volant, il abordait les nombreux virages avec cette dextérité qui le caractérisait en toute situation. Il était habile partout : en voiture comme dans le lit conjugal. Et Jade se rappela soudain comme il savait la propulser dans des néants étoilés dont elle revenait délicieusement comblée.

Elle n'aurait pas dû s'autoriser de telles pensées.

Pourtant, malgré elle, des images bien vivaces des mains de J.T. sur son corps s'imposaient à son esprit…

Soudain, dans un virage, ses doigts glissèrent le long du volant de cuir, et elle frissonna, se rappelant les sillages que ces mêmes doigts traçaient dans son dos, autrefois.

Mon Dieu !

Elle était dans de beaux draps !

Si elle avait eu tant soit peu de raison, elle aurait ouvert la portière et aurait sauté de la voiture. Instinctivement, elle jeta un coup d'œil au compteur. Près de cent à l'heure.

Conclusion : mieux valait s'abstenir !

Le bourdonnement du moteur mêlé à celui du vent rendait toute conversation impossible, aussi gardait-elle le silence, le regard fixé sur le paysage aux contours flous, à cause de la vitesse.

Sans prévenir, il rétrograda et quitta la route principale pour venir se garer sur le parking privé d'un pub. De la vigne vierge battue par le vent dévorait la façade du bâtiment, dissimulant presque l'enseigne. Jade n'avait toutefois pas besoin de la lire pour savoir qu'ils venaient d'arriver au Lion rouge.

La maison du propriétaire jouxtait le pub. A l'arrière s'étendait la campagne, devant passait la route, et au-delà, se déployait l'immensité de l'océan. Elle se rappelait parfaitement la géographie de l'endroit !

Lorsque J.T. coupa le moteur et serra le frein à main, le silence les enveloppa subitement. Un silence qui laissa peu à peu percevoir le murmure de la mer et le souffle de la brise.

Elle se tourna de côté pour lui faire face.

— Pourquoi m'amènes-tu ici ?

Enlevant ses lunettes de soleil, il esquissa un sourire et répondit :

— Pourquoi pas ? Serais-tu inquiète ?

— Non.

Mensonge. Assurément, elle éprouvait de l'appréhension !

Il venait de la ramener dans son monde à lui et elle savait qu'elle n'en ressortirait pas indemne.

Prestement, il sortit du cabriolet, le contourna et vint lui ouvrir la portière avant qu'elle n'ait eu le temps de le faire. Comme elle sortait de la voiture, il laissa son regard errer sur ses jambes et ne put s'empêcher de lui dire :

— Tu as beau être pénible, tu as toujours de superbes jambes.

C'était censé être un compliment !

Elle ne pipa mot, acceptant même la main qu'il lui tendait pour se mettre debout.

Au point où elle en était !

Lorsque les doigts de J.T. se refermèrent sur les siens et que son pouce caressa fortuitement sa paume, elle se sentit chanceler. Elle parvint néanmoins à se lever tandis que tous ses sens entamaient une joyeuse sarabande. Etait-elle devenue l'esclave de ses pulsions ? s'interrogea-t-elle atterrée.

Quand elle fut enfin debout — Dieu ! que l'habitacle d'un cabriolet était bas —, elle se déroba vivement à la main de J.T. et, pour reprendre contenance, se lissa les cheveux.

— Je doute que ce soit une bonne idée, J.T., commença-t-elle.

Une bourrasque de vent souleva alors les pans de sa veste. Elle les rabattit d'un geste nerveux.

— Pourquoi sommes-nous ici ? insista-t-elle devant son mutisme.

— Pour discuter...

— De quoi ?

— Je te propose une conversation à bâtons rompus, on verra bien où elle nous mène.

Sa gorge se noua lorsque les yeux brun foncé de son ex-époux se rivèrent aux siens. Dans leurs profondeurs dansa soudain une lueur malicieuse qui alluma immédiatement au plus profond de son être la première étincelle d'un incendie.

Exactement comme autrefois…

Par pitié !

Pourquoi le palais n'avait-il pas envoyé un soldat courtaud et rustre pour lui notifier un avis de non-recevoir ?

Elle laissa son regard se porter vers le pub et sa lourde porte en chêne. Le Lion rouge était le quartier général de J.T., sa « cantine », son « annexe » ; et par conséquent, cela avait été aussi le sien, au temps de leurs amours.

S'immerger de nouveau dans l'atmosphère de ce lieu chargé de souvenirs serait une erreur. Et pourtant, elle sentait bien qu'elle n'allait pas résister. D'ailleurs, le vent était devenu si froid subitement, qu'elle allait finir par se transformer en statue de glace si elle demeurait immobile. Alors on pourrait la placer parmi les autres statues, dans les jardins royaux…

Allons ! En faisant appel à la force de sa volonté, elle finirait bien par gérer ce voyage dans le temps. Il lui suffisait de dompter ses instincts.

Ou d'éviter le regard de braise de J.T.

Dès l'instant où la porte du pub s'ouvrit, Jade fut enveloppée par la chaleur du lieu, les odeurs et les bruits familiers qui le caractérisaient.

C'était comme revenir brusquement à la maison.

Au fond de l'immense salle, le feu brûlait dans l'âtre, de toute éternité. Autour des tables de bois rondes, des groupes de jeunes gens discutaient et riaient. Sur la droite, le bar ouvrait sur les cuisines.

— Assieds-toi ici, dit J.T. Je vais commander au comptoir. Que veux-tu boire ?

— Un verre de vin blanc.

Se dirigeant vers le bar, il se pencha par-dessus le comptoir et appela en direction des cuisines :

— Ohé, Michael ! Tu as des clients.

— J.T., c'est toi ? répondit une voix à distance, toute surprise.

Immédiatement, un petit homme chauve aux joues rebondies se profila derrière le comptoir. Un sourire joyeux barrait son visage débonnaire. Il se jeta dans les bras de J.T.

— C'est si bon de te revoir, mon garçon. Je ne te laisse plus repartir, je te préviens !

— Désolé de ne pas être venu plus tôt. J'étais très occupé.

Il s'était efforcé de parler bas, mais sa voix parvenait jusqu'aux oreilles de Jade qui ne perdait pas un mot de leur conversation.

— Ah, la vie au palais vous fait oublier votre propre famille, n'est-ce pas ?

Puis, faisant signe à un des clients, Michael continua :

— Hé, David ! Je te présente le fils de mon frère, J.T., qui travaille au palais. Il protège nos souverains, si, si !

— Comment va la vie, là-bas ? demanda David. Et le roi, toujours mal en point ?

A ces mots, J.T. fronça les sourcils.

« L'opinion publique a le droit de savoir ! »

Et si Jade avait raison ?

Les gens de Penwick étaient peut-être en droit d'exiger des explications sur ce qui se passait exactement au palais. Cependant, une chose était certaine : ce n'était pas à lui d'en décider !

— Taratata ! intervint Michael Wainwright. Il est tenu au secret !

Puis, se tournant vers son neveu, il ajouta :

— Qu'est-ce que je te sers ?

— Une bière pression pour moi... et un verre de vin blanc pour la dame qui m'accompagne.

Là-dessus, il désigna Jade de la tête, et cette dernière vit le sourire du vieil homme s'élargir...

— Jade ! Quelle surprise ! Comme je suis heureux de te revoir, ma chérie !

— Bonjour, Michael, lui dit-elle en rendant son sourire à celui qui autrefois était fier de l'appeler sa nièce.

Et, d'un coup, ce fut comme si jamais elle n'avait quitté cette famille. Sans doute était-ce dû à l'expression si affable de Michael. Et puis, autant dire qu'elle avait la sensibilité à fleur de peau... Trois ans qu'elle fournissait de gros efforts pour ne pas se retourner sur son passé. Et voilà qu'on venait de l'y projeter sans ménagement...

Elle regarda J.T., et la chaleur de ses yeux chocolat se communiqua à son cœur en dépit des trois années de séparation. Comment, après ces retrouvailles, pourrait-elle survivre à la froideur de la solitude ?

5.

— Deux parties sur trois en ta faveur ! annonça J.T., la mine renfrognée.

Manifestement, il n'arrivait pas à croire qu'elle ait pu le battre au jeu des fléchettes.

— Je constate que tu es toujours aussi mauvais perdant, dit-elle en lui adressant un sourire affectueux sans chercher à dissimuler l'éclair de joie victorieuse qui brillait dans ses yeux.

Il traversa la salle, retira brutalement les fléchettes de leur cible et revint vers elle. Puis il lui tendit les petits projectiles bleus, serrant les rouges dans sa main.

— Je n'aime pas perdre, admit-il.

Il était habitué à ce que les choses — et les gens — se plient à sa volonté, et non le contraire !

Il avait toujours eu une confiance illimitée en ses capacités, et c'était fort de cette pensée qu'il s'était jeté dans la vie, certain qu'elle ne lui résisterait pas.

Il avait déjà accumulé de nombreuses décorations dans l'armée lorsque l'IRR l'avait recruté. Et il avait ensuite monté si rapidement les échelons de la hiérarchie, que sa légende le suivait encore.

Il exigeait toujours le meilleur pour lui et les siens. Il savait ce qu'il voulait et mettait tout en œuvre pour l'obtenir.

De la même façon qu'il avait voulu que Jade devienne sa femme...

Sous ses airs désinvoltes, cette dernière n'en menait pas large, car son cœur était de nouveau agité de palpitations désordonnées : il recommençait son étrange sarabande liée à la présence de J.T.

Elle tâcha de respirer régulièrement pour que cessent ces soubresauts...

En vain.

Le phénomène la dépassait.

Nul doute qu'il relevait des phéromones, conclut-elle, résignée. Elle ne pouvait lutter contre. C'était ainsi : quelque chose chez lui déclenchait en elle une montée d'adrénaline. Une loi biologique aussi inéluctable que la loi physique de la gravité, en somme.

Quand elle se saisit des fléchettes qu'il lui tendait, le bout de ses doigts effleura la paume de J.T., déchaînant une nouvelle flambée dans ses veines.

La voix de la raison lui souffla de les ignorer.

Facile à dire !

Autant ignorer une avalanche !

S'éclaircissant la gorge, elle demanda :

— Pourquoi t'accorderais-je une troisième partie ? J'ai déjà gagné. J'ai remporté les deux premières manches.

— Il se peut que tu aies eu de la chance.

— Quelle mauvaise foi ! Ma victoire n'a rien à voir avec la chance, mais avec l'adresse, lui dit-elle en arborant un petit air supérieur.

— Dans ces conditions, prouve-le ! Une troisième partie ne doit pas t'effrayer.

— Tu sais parfaitement que j'ai gagné de façon tout à fait loyale, répliqua-t-elle en plissant les yeux.

Il la fixa intensément…

Et, sous l'impact de ce regard, son cœur se mit à caracoler comme un pur-sang enragé. Soudain, elle entendit J.T. annoncer:

— Je ne suis pas arrivé à me concentrer.

— Oh, voyez-vous ça ! Quel dommage ! fit-elle moqueuse avant de demander d'un ton serein : Pourquoi t'est-il tout simplement impossible d'admettre que j'ai gagné ?

— Je joue mieux lorsqu'il y a un enjeu, affirma-t-il brusquement avec un petit sourire entendu.

Elle tressaillit.

L'allusion était claire, mais elle fit mine de ne pas la comprendre.

— Quel genre d'enjeu ? demanda-t-elle.

Alors, d'une voix langoureuse et intime, il répondit :

— Ceux d'autrefois.

Une vague de chaleur la submergea.

Le souffle court, elle rétorqua vivement :

— Ne compte pas sur moi pour te suivre sur ce terrain-là !

— Tu as peur ?

Son timbre, chaud et rauque, se coula le long de son dos, à la fois caresse et égratignure, avant de s'immiscer au plus profond de son être.

Jetant un coup d'œil par-dessus son épaule, elle vérifia que les autres clients se trouvaient hors de portée, puis répliqua entre ses dents :

— Je ne jouerai pas pour un enjeu sexuel.

Il releva un sourcil sceptique, avant de se fendre d'un sourire moqueur et sexy à la fois :

— Il ne s'agit pas uniquement de sexe... mais du chavirement des âmes lié à celui des corps. Le gagnant pourra laisser libre cours à tous ses fantasmes.

Elle se liquéfia littéralement, tandis qu'il ajoutait dans un murmure odieusement lascif :

— Tu te rappelles ?

Quelle question !

Ses souvenirs étaient intacts.

Une fois, elle l'avait laissé gagner à dessein, juste pour se plier à ses délicieux caprices érotiques tout l'après-midi...

Elle revit les stores à moitié baissés, la lumière zébrée qui baignait la chambre, les rideaux qui frémissaient sous la brise, leurs corps nus et saturés de voluptés...

Elle sentit presque son souffle sur elle.

Retrouva même le goût de sa bouche.

Et crut éprouver le grain de sa peau.

— Je constate que oui, ajouta-t-il d'un air diabolique, interrompant ses sublimes visions. Et je ne doute pas un instant que tu te souviens de ce qui s'est passé, la dernière fois que je t'ai battue aux fléchettes.

Chavirée, elle ferma les yeux, revivant cette longue nuit d'été où J.T. l'avait tellement fait jouir, qu'elle avait fini par demander grâce, haletante, épuisée...

Non ! protesta sa raison.

Surtout, ne pas rouvrir la trappe maléfique des souvenirs.

Ne pas laisser le passé submerger le présent.

Ce qu'ils avaient vécu trois ans plus tôt appartenait définitivement à une époque révolue.

— Assez, J.T. ! lui ordonna-t-elle d'une voix lasse.

Désireux de l'apaiser, il posa la main sur son avant-bras tremblant. A son visage pâle, il devinait à quel point elle était ébranlée !

Elle lui sut gré de sa sollicitude, même si ce contact déclencha forcément comme des feux follets en elle, aussi magiques que ceux qui traversent parfois la nuit.

— Nous étions si bien, tous les deux, Jade... Pourquoi es-tu partie ? Pourquoi n'as-tu plus cru en nous ?

Ces reproches, chuchotés d'une voix magnifiquement timbrée, étaient insupportables.

Elle devait se ressaisir, ne pas lui permettre d'envahir à ce point son intimité.

Se dégageant de son étreinte, elle répondit d'un ton déterminé :

— Tu sais parfaitement pourquoi !

Ses yeux le fixaient à présent avec défi.

De son côté, il s'efforçait de maîtriser la fureur qui grondait en lui face à l'entêtement de Jade.

— Eh bien, on refait une partie ? lança-t-il sur un ton agacé. Si tu gagnes, tu choisis ta récompense. Si c'est l'inverse, je choisis la mienne.

— Pas d'enjeu, tu es sourd ou quoi ?

Elle refusait désormais tout enjeu avec lui, ne voulait plus qu'aucun lien ne l'attache à lui.

— Il s'agit d'une récompense, dit-il alors. C'est différent !

— Très bien, fit-elle subitement. Puisque tu insistes, ma récompense, ce sera mon interview !

A ces mots, il éclata de rire.

Un rire très spontané.

Et, bien que sa réaction l'irritât, elle dut s'avouer qu'elle avait toujours aimé son rire. Il était si communicatif ! Il résonnait souvent, autrefois, dans le petit appartement qu'ils partageaient, et réchauffait les nuits d'hiver.

— Quelle ténacité ! observa-t-il une fois redevenu sérieux.

— Tu n'as tout de même pas cru que j'allais renoncer.

— Jade, je te l'ai déjà dit et te le répète : je ne suis pas en mesure de te donner le feu vert pour l'interview. Cela ne relève pas de mes pouvoirs.

— Soit ! Néanmoins, tu pourrais intercéder en ma faveur.

— Je te le concède.

— Donc, commença-t-elle d'une voix lente, ma récompense peut consister en cette intercession. Ce petit coup de pouce. Qu'en penses-tu ? De toute façon, tu ne risques pas grand-chose puisque tu es certain de gagner. A moins que tu ne redoutes ma victoire… ?

Ce disant, elle caressa distraitement ses fléchettes du bout des doigts.

Ce geste le troubla considérablement, éveillant immédiatement en lui le souvenir d'autres caresses sur les draps froissés… Les heures filaient alors à toute vitesse sous l'effet électrisant de ces mains de femme…

Pour une fois, il déplora son excellente mémoire, car la vivacité du souvenir rendait la perte d'autant plus cruelle. Il se rappelait tout dans le détail. L'odeur de Jade, le goût de sa bouche et de sa peau, ses doux gémissements de plaisir… Son corps délicieusement accueillant, qui l'invitait dans ses suaves profondeurs, au cœur de sa chaleur… La force d'un amour qu'il n'avait jamais connu avant ni depuis berçait alors son âme.

Il chercha à reprendre son souffle, tel un naufragé éperdu qui parvient à maintenir la tête hors de l'eau durant quelques secondes.

Assez ! S'il se laissait happer par le passé, il était définitivement perdu ! Ce qui était d'actualité, c'était de gagner cette partie de fléchettes.

Détachant vivement son regard des mains de sa compagne, il sonda ses yeux mystérieux, tentant d'évaluer ses chances pour la partie imminente…

Allons, il allait lui montrer de quoi il était capable ! Les défis l'avaient toujours galvanisé. Hélas ! Il ne devait pas exclure une victoire de la part de cette perfide joueuse. Et alors…

— Inquiet ? fit-elle en arborant un sourire confiant.

— Pas du tout ! affirma-t-il sur le ton de la conviction.

— Alors, affaire conclue !

— Entendu !

— Génial, dit-elle, toute joyeuse, comme un enfant à qui on aurait confié les clés d'une fabrique de bonbons. Après la partie, nous fixerons la date de l'interview.

— Ne vends pas la peau de l'ours avant de l'avoir tué, lui conseilla-t-il avant d'ajouter : Qu'est-ce que je gagne, moi, si je l'emporte ?

— J'ai choisi mon prix, lui dit-elle. Décide du tien.

A cet instant, son regard courut sur son corps.

Tous les champs du possible s'ouvraient dans son cerveau affolé…

Elle perçut aisément les égarements de son esprit et se dépêcha de préciser :

— Dans les limites du raisonnable, cela va de soi. Tu sais ce que je t'ai dit.

Comment pouvait-elle parler de raison, elle qui allumait en lui des désirs déraisonnables ?

Découragé par son ton sévère, il s'entendit répondre :

— Un dîner chez moi, mais c'est toi qui cuisines.

A ces mots, elle émit un rire perlé dont la musique vint faire vibrer le cœur de J.T. et lui fut aussi doux qu'une promesse.

— Quelle drôle d'idée ! Tu connais pourtant mes piètres talents culinaires.

— Qui ne tente rien n'obtient rien, fit-il philosophe.

— On peut aussi tout perdre, observa-t-elle, non sans se demander subitement s'ils parlaient bien de la même chose, tous les deux.

— On éprouve au moins le plaisir d'avoir essayé, répondit-il.

Plaisir...

Le mot resta suspendu dans les airs, et Jade frissonna discrètement tandis que des pensées tout à fait étrangères au jeu de fléchettes l'envahissaient de nouveau...

Il lui semblait que les autres clients avaient disparu, qu'il n'y avait plus qu'elle et lui dans ce décor si familier.

Nul doute qu'elle avait commis une erreur en l'accompagnant au Lion rouge. Il eût été préférable qu'elle reste à l'extérieur et se transforme en statue de glace !

Au moins, dans cet état, son cœur n'aurait pas été déchiré par une succession d'émotions contradictoires, et son corps ne se serait pas affaibli d'une telle fièvre !

Vraiment, revoir J.T. avait été une rude épreuve. Et revenir avec lui dans ce lieu habité de souvenirs était quasiment un supplice. Ils avaient connu tant de soirées agréables, ici...

En outre, elle considérait Michael comme son oncle. Elle avait même travaillé derrière le comptoir, pour donner un coup de main, les jours d'affluence.

Souvent aussi, elle s'était assise près du feu et s'était laissée aller à de douces rêveries concernant son futur avec J.T...

A l'écart de la somptuosité hiératique du palais, J.T. paraissait plus abordable. Ce qui, loin de constituer un avantage, créait une difficulté supplémentaire : le passé en profitait pour s'imposer encore un peu plus.

Bon, elle devait se concentrer sur le jeu de fléchettes et cesser de méditer. Et qui plus est, si elle voulait éviter d'être de nouveau emportée par les vagues du passé, il était impératif qu'elle gagne ce petit tournoi.

A présent, il s'agissait moins d'obtenir l'interview que de se soustraire à un dîner en tête à tête chez J.T. ! pensa-t-elle avec dérision.

— Qui commence ? demanda-t-elle, désireuse d'en finir au plus vite.

— Honneur aux dames, dit-il en s'inclinant légèrement.

Hochant la tête, elle prit place et visa...

La flèche heurta le disque en vibrant sourdement... juste à côté du centre.

Deux heures plus tard, J.T. la déposait devant les bureaux de la chaîne. Coupant le moteur, il se tourna vers elle et déclara d'un ton affligé :

— Tu as fait le grand schlem.

Elle se mit à rire.

— Désolée, lui dit-elle. Et je te rappelle que tu as désormais un contrat à honorer.

— Je n'arrive pas à croire que tu m'aies battu. Personne ne m'a détrôné depuis des années.

— J'étais motivée.

Doublement motivée, compléta-t-elle *in petto.*

Au fond, qu'est-ce qui lui avait donné des ailes pour l'emporter ? La perspective de son coup de pouce ou la volonté de ne pas aller chez lui ?

Elle n'aurait su dire.

Bah, quelle importance ? L'essentiel, c'était sa victoire.

— Moi aussi, je l'étais, lui confia-t-il alors de sa voix si troublante.

Vite, elle devait descendre de cette voiture ! Elle ouvrit la portière, sortit du cabriolet, et, écartant de son front des mèches que le vent y avait éparpillées, elle demanda :

— Tu vas tenir parole, n'est-ce pas ?

— Je t'ai dit que je pouvais plaider en ta faveur, ce qui ne signifie pas que tu obtiennes l'interview, dit-il en agrippant plus fermement son volant.

Sa nervosité était palpable. Mais une promesse était une promesse, et J.T., un homme de parole.

— Je te rendrai visite demain, annonça-t-elle.

— Demain ? fit-il en plissant les yeux. Je ne te garantis rien pour demain !

— Peu importe, je serai là à la première heure. Et les jours suivants, jusqu'à ce que j'obtienne gain de cause.

— Quelle obstinée !

Eclatant de rire, elle referma la portière. Il avait l'air fort mécontent. De fait, elle le comprenait — sans pour autant compatir !

— A demain, donc !

— Au revoir, marmonna-t-il.

Là-dessus, il démarra sans attendre et, dans un vrombissement furieux de moteur, se noya rapidement dans le flux de la circulation.

Les trottoirs étaient noirs de monde, les gens se bousculaient pour passer. A son tour, Jade se fondit dans la foule. Elle n'avait pas fait dix pas qu'elle sentit soudain ses cheveux se hérisser sur sa nuque. Une horrible frayeur la prit à la gorge et la glaça jusqu'aux os.

Il était là !

L'individu qui la traquait ! Quelque part dans la foule, tout proche. Et il l'épiait. Son intuition ne la trompait jamais, c'était comme un sixième sens.

Brusquement, elle virevolta sur ses talons et, retenant sa respiration, scruta la foule... Il y avait bien trop de monde et elle ne savait pas qui elle cherchait. Il pouvait s'agir de n'importe qui, du vieil homme assis sur le banc de l'Abribus ou du jeune éphèbe qui attendait pour téléphoner.

Ses yeux la brûlèrent. Larmes de colère ou de peur, les deux peut-être..., elle n'aurait su dire. Elle était littéralement en transe.

Où était-il ?

Qui, parmi les anonymes que charriait la foule, était l'auteur des billets et l'expéditeur de la vidéo ?

Tout à coup, un terrible sentiment de vulnérabilité s'abattit sur elle. Tournant vivement le dos à la cohue, elle regagna en toute hâte l'immeuble de Pen-T.V.

— Elle ne nous lâchera pas, annonça J.T. en faisant les cent pas dans le bureau de son chef.

Il avait filé directement au palais après avoir déposé Jade à la chaîne de télévision. Certes, il s'était séparé d'elle physiquement, mais elle était toujours présente en lui. Il pouvait encore sentir son parfum, comme s'il en avait vaporisé ses vêtements...

— Tu ne m'apprends rien, répliqua tranquillement Franklin en se versant du café. Je te sers une tasse ?

— Non, merci, fit séchement J.T.

— Comme tu voudras, répondit Franklin en se calant dans son fauteuil, non sans observer attentivement l'homme nerveux qui se tenait devant lui.

— A la réflexion, il serait peut-être préférable de lui accorder une interview pour qu'elle se calme.

— Eh bien... ! C'est ce qu'on appelle un revirement !

— Euh... C'est-à-dire que...

Confus, J.T. s'interrompit, passa une main fébrile dans ses cheveux et poursuivit :

— Jade Erickson est à la fois très entêtée et très intelligente.

« Et une championne incontestée au jeu de fléchettes », ajouta-t-il à part soi. Mais inutile de préciser ce détail à Franklin ! Certes, il avait perdu son pari. Pourtant, s'il plaidait désormais la cause de Jade, ce n'était pas uniquement pour honorer le contrat qu'ils avaient conclu.

Force était d'admettre que les arguments de Jade se tenaient. Les rumeurs qui commençaient à se répandre sur la santé du roi allaient prendre des proportions dramatiques si personne n'y coupait court.

En l'occurrence, si la reine ne s'adressait pas directement à ses sujets.

En outre, s'il était vrai, comme l'affirmait Jade, qu'on enverrait à sa place, en cas d'échec de sa part, Vincent

Battle, alors il était dans les intérêts de tout le monde d'accéder à la requête de son ex-femme.

Elle, au moins, pouvait se prévaloir d'une déontologie et de scrupules.

Aussi reprit-il :

— Nous alimentons les rumeurs en refusant de communiquer avec la presse et de donner des informations sur la santé du roi. Inventons-lui un bulletin de santé !

— Tu as raison, approuva Franklin. Nous voulions différer cette interview pour éviter le mensonge, mais finalement, ce n'est pas une bonne option. Car plus nous attendons, plus la situation dégénère. La raison d'Etat commande donc un mensonge.

Ouf ! Heureux de le lui entendre dire !

La rumeur enflait, mais pas uniquement à l'extérieur du palais. A l'intérieur, parmi les gardes, les domestiques et leurs familles respectives, c'était encore pire. Certains allaient même jusqu'à prétendre que le roi avait rendu l'âme !

Il était donc préférable de rassurer le peuple par un mensonge ; et quand toute l'affaire serait réglée, de révéler la vérité bien sûr ! En croisant les doigts pour que le dénouement ne fût pas tragique !

— Si je ne me trompe, déclara J.T., la reine apprécie les reportages de Jade. On pourrait donc lui réserver l'exclusivité de l'interview.

— Effectivement. Ce matin, je me suis moi-même entretenu avec Sa Majesté, déclara Franklin d'un ton las. Elle partage ton opinion.

— Mon intuition me dit que ce n'est pas ton cas.

— Bien vu, admit son supérieur. Je dois avouer que je suis allergique aux journalistes de manière générale. Ils sont toujours à l'affût des mauvaises nouvelles. Je peux te garantir que les bonnes occasionnent rarement des conférences de presse ou des interviews. Mais, en l'occurrence, mon avis n'a guère d'importance. C'est la reine qui décide et elle va accorder une brève entrevue à Jade Erickson pour calmer ses sujets.

— Quand ?

— Demain matin, annonça Franklin en portant sa tasse de café à ses lèvres. Dis à ton ex-femme de se tenir prête pour 9 heures.

A ces mots, J.T. se raidit et lui adressa un regard dur.

— J'espère que tu sais que ma position sur cette affaire n'a rien à voir avec ma relation passée avec Jade.

Eludant la question, Franklin décréta :

— Le fait que ce soit ton ex-femme n'est nullement regrettable. Au moins, nous savons que c'est une journaliste honnête.

En déambulant le long du vestibule qui menait à la cour d'honneur du palais, J.T. repensa aux ultimes paroles de Franklin. Sans conteste, Jade était honnête.

Cruellement honnête, d'ailleurs.

Trois ans plus tôt, elle l'avait regardé droit dans les yeux et lui avait déclaré froidement : « L'amour ne suffit pas ! »

6.

— Déjà là ?

Arrachée à ses méditations, Jade sursauta et leva les yeux.

— Janine ! s'exclama-t-elle en posant une main sur son cœur. Mon Dieu, comme tu m'as fait peur.

Son assistante se mit à rire et se laissa tomber sur la chaise qui se trouvait de l'autre côté du bureau.

— Navrée, ce n'était pas mon intention ! Tu devais être sacrément concentrée.

Euh… concentrée ? Pas vraiment ! Obnubilée par des images de corps nus, en l'occurrence le sien et celui de J.T. ? Plutôt ! Oh ! la la !

Dieu merci, Janine était une collaboratrice efficace, mais incapable de lire dans les pensées. La psychologie, ce n'était pas son fort et Jade n'allait pas s'en plaindre…

Qu'il était embarrassant de se conduire comme une ado énamourée ! Cela faisait une éternité qu'elle n'avait pas été troublée à ce point. Que possédait donc cet homme qui la bouleversait si radicalement et l'asservissait à sa libido ?

— Hou ! hou !

Jade cligna des yeux et constata que son assistante agitait la main devant elle.

— Qu'est-ce que tu fais ? dit-elle, étonnée.

— Figure-toi que c'est précisément ce que j'allais te demander, rétorqua Janine. Tu me fixes comme si tu ne me voyais pas. C'est effarant, à la fin !

— Excuse-moi, marmonna Jade.

Là-dessus, elle avala une gorgée de café… avant de faire une horrible grimace.

— Qu'y a-t-il ? Il est froid ? s'enquit Janine que le comportement de sa supérieure intriguait de plus en plus.

— Glacé et infect, répondit Jade. On dirait qu'il sort d'un réfrigérateur.

— J'en prépare d'autre ?

— Avec plaisir.

Cela faisait deux ans qu'elles travaillaient ensemble et au fil de leur collaboration elles étaient devenues amies. Janine était aussi ambitieuse qu'elle-même à ses débuts, de sorte qu'elle lui présentait dans un miroir une image d'elle qui l'amusait. En outre, une étrange ressemblance physique existait entre elles. On aurait pu les croire sœurs.

Il était d'ailleurs fréquent qu'on les interroge à ce sujet… et que Jade réponde par l'affirmative ! Par jeu et pour rêver, aussi. Elle déplorait tellement de n'avoir pas de sœur ! Sa mère était décédée alors qu'elle était âgée de huit ans. Cette disparition, au lieu de rapprocher le père et la fille, les avait éloignés encore davantage l'un de l'autre.

Non que Bill Erickson n'aimât pas sa fille, mais il ne savait tout simplement pas comment s'y prendre avec elle. En quoi consistait l'éducation d'une fille ? Il n'en avait pas la moindre idée ! Aussi préféra-t-il se concentrer sur ses quatre garçons, ce qui avait conduit Jade à s'efforcer, durant toute son enfance, de ressembler à ses frères afin de gagner la reconnaissance paternelle.

Hélas, ça n'avait pas marché !

— Coucou !

De nouveau, Janine la rappelait à la réalité présente.

— Décidément, j'ai vraiment besoin d'un litre de café pour me réveiller, dit Jade. Aujourd'hui, j'ai l'impression d'être une somnambule.

— Je cours t'en préparer, répondit Janine en se levant.

— Merci, tu es un ange.

Et, comme l'ange allait franchir le seuil du bureau, Jade s'écria :

— Oh, Janine... Et si tu allais me chercher un petit cappuccino au café d'à côté ? Je te le revaudrai.

— Un cappuccino contre une participation au montage de ton interview avec la reine ?

Jade ne put retenir un sourire. Encore une fois, l'ambition reprenait le pas. Comme elle la comprenait !

— Entendu !

— Parfait ! fit Janine en sortant du bureau...

... Où elle refit une apparition quelques secondes plus tard.

— Puis-je t'emprunter ta veste ? demanda-t-elle. J'ai laissé la mienne dans ma voiture, et le temps s'est rafraîchi.

— Bien sûr ! Allez, pour la peine, rapporte-moi un double cappuccino.

— Pas de problème ! A tout de suite !

Une fois seule, Jade se tourna vers sa pile de notes qu'elle évalua un instant... Puis, poussant un profond soupir, elle s'empara de son stylo et commença à les éplucher afin de préparer les questions de son interview

Car, dans son esprit, il ne faisait pas l'ombre d'un doute qu'elle obtiendrait l'entrevue. C'était juste une question de temps. Aussi, autant se tenir prête.

Soudain, son téléphone portable se mit à vibrer.

Avant de répondre, elle jeta un coup d'œil sur le numéro qui s'affichait.

Inconnu.

Intriguée, elle prit la communication.

— Allô ?

— Jade ? C'est moi.

La voix familière de J.T., son ton intime, là, tout contre son oreille, la laissèrent transie et fébrile. Elle frissonna, tandis que sa peau la brûlait.

— Comment t'es-tu procuré mon numéro ? Il n'est répertorié nulle part.

— Aurais-tu oublié où je travaille ?

Au palais, et alors ? Cela donnait-il le droit aux officiers chargés de la sécurité des souverains de traquer le simple sujet? Apparemment, oui ! soupira-t-elle intérieurement.

— Que me veux-tu, J.T. ?

Elle était bien consciente de son agressivité, mais elle l'assumait. C'était sa façon à elle de lutter contre la terrible confusion dans laquelle la plongeaient la voix ou la présence de J.T. instantanément.

— Tu m'as l'air d'une humeur massacrante, observa J.T. Qu'est-ce que tu as ? Tu as mal dormi ?

Agacée, elle leva les yeux au ciel. De quoi se mêlait-il ? Qui plus est, elle refusait de se laisser de nouveau entraîner sur les chemins du souvenir. Et ce serait le cas, si elle repensait à sa nuit agitée... Une nuit passée à se tourner et se retourner dans son lit, en manque cruel des caresses d'un homme dont elle s'était pourtant passée durant trois ans sans en souffrir.

Pourtant, elle ne pouvait se permettre de lui raccrocher tout bonnement au nez. Elle avait besoin de lui.

Du moins jusqu'à l'interview avec la reine.

Après...

Bon, de la diplomatie s'imposait.

— Bonjour, J.T., lui dit-elle en s'efforçant d'adopter un ton jovial.

— Ah, je préfère ça !

Bien sûr, il ne pouvait pas avoir le triomphe modeste ! Ses doigts se crispèrent sur son petit appareil. Et elle dut se faire violence pour ne pas l'éteindre.

— Eh bien, peut-être vas-tu enfin me confier pourquoi j'ai l'insigne honneur de voir mon numéro de portable identifié par les services secrets du palais ?

Sa question fut suivie d'un long silence, au point qu'elle crut un moment qu'il avait coupé la communication. Enfin, il marmonna :

— Tu as rendez-vous au palais à 10 heures !

— Pardon ?

Son cœur venait de faire un terrible saut dans sa poitrine et, instantanément, elle bondit sur ses pieds, incapable de rester assise plus longtemps.

Toute l'irritation qu'elle ressentait contre lui avait été balayée en un éclair par l'excitation que la perspective d'une entrevue avait déclenchée en elle.

— Tu m'as parfaitement bien entendu !

C'était exact... Néanmoins, elle n'en croyait pas ses oreilles. Aussi une explicitation s'imposait-elle !

— Cela veut dire que je vais pouvoir interviewer la reine ?

— Pendant dix minutes.

— Dix minutes ?

Elle s'insurgea immédiatement. Passé l'effet premier de surprise et de joie, le naturel revenait au galop ! Elle jeta un coup d'œil à la liste de questions qu'elle avait préparées. Rien que leur énoncé ne tiendrait pas en dix minutes !

— Ce n'est pas assez ! insista-t-elle.

— Neuf minutes alors...

— J.T...

— Huit ?

— Très bien ! Va pour dix minutes, fit-elle résignée.

— Tu vois que tu peux être raisonnable, si tu y mets un peu de bonne volonté. Bon, sois là un petit quart d'heure avant l'heure dite pour que j'aie le temps de t'expliquer le protocole.

— Pas de problème.

Pourvu qu'on ne lui demande pas de faire une véritable révérence ! pensa-t-elle vaguement inquiète. Même lorsqu'elle prenait des cours de danse, elle n'arrivait pas à s'incliner correctement pour saluer à la fin des représentations annuelles organisées à l'intention des familles.

— En outre, j'aimerais m'entretenir avec toi avant l'interview, ajouta-t-il.

Pourquoi pas ? Cette requête n'avait rien d'extravagant, se dit-elle. Et puis, elle lui devait bien ça. A quoi servait la victoire si elle ne rendait pas généreux ?

— Je viendrai à 9 h 30, annonça-t-elle.

— Parfait. A tout à l'heure, alors.

— J.T., je...

Zut ! Il avait déjà raccroché.

En réalité, elle ne savait pas très bien ce qu'elle voulait lui dire. Peut-être désirait-elle atténuer sa brusquerie initiale en le remerciant ?

Trop tard !

Oh, et puis tant pis ! Elle se fichait après tout de malmener sa susceptibilité ! Est-ce que lui se préoccupait de la sienne ? Ce qui comptait pour elle, c'était son métier, sa réussite professionnelle.

Reprenant sa liste de questions, elle se remit au travail. Oubliant complètement Janine qui ne revenait pas...

*
* *

Dès qu'elle mit le pied hors du taxi, J.T. sentit ses reins se creuser de désir et son sang s'activer dans ses veines.

C'était aussi simple que cela ! Jade Erickson ravivait en lui des émotions qu'il avait cru disparues, mais qui étaient toujours présentes mais enfouies. Durant ces trois dernières années, il était parvenu à étouffer la passion qu'il ressentait pour Jade et le désir qu'elle lui inspirait.

Il avait voulu se persuader qu'il s'en fichait, que c'était fini. Et pourtant, il avait suffi d'une journée pour que tout resurgisse, intact.

Difficile pour un homme de la trempe de J.T. d'admettre qu'une femme qui lui avait fait clairement savoir qu'elle ne voulait plus de lui… dispose encore d'un pouvoir si grand sur lui !

Allons ! Tant qu'il garderait présent à l'esprit qu'elle ne l'aimait plus, il pourrait survivre à sa compagnie — et ensuite à son absence.

— Bonjour, lui dit-elle en lui adressant un sourire étincelant.

— Finalement, si on veut te voir de belle humeur, il suffit d'accéder à tes désirs, observa-t-il quand, le premier trouble passé, il eut enfin recouvré sa voix.

Elle haussa les épaules et il eut la sensation d'être un idiot.

O.K., ce n'était pas sa faute si elle affolait ses sens de cette façon. Enfin, si ! C'était sa faute, mais disons qu'elle ne le faisait pas exprès.

Jade rajusta la bandoulière de son sac en cuir sur son épaule. Le vent souleva alors sa chevelure qui forma un halo flou autour de sa tête…

Bon sang ! Il mourait d'envie d'enfouir les doigts dans cette soie auburn et chatoyante. Ses yeux brillaient comme des émeraudes. Mais, contrairement à ces pierres vertes et froides, ses prunelles brûlaient d'un feu intérieur qui le réchauffait tout en menaçant de le consumer.

Curieusement, bien qu'il fût complètement imprégné de la chaleur qui émanait de Jade, il avait l'impression qu'elle était presque glacée.

— Dans la précipitation, aurais-tu oublié ta veste ? lui demanda-t-il alors.

— Non, mon assistante me l'a empruntée et…

Elle s'arrêta net et fronça les sourcils…

— Et ne te l'a pas redonnée ?

— A vrai dire, je viens juste de me le rappeler. Etrange ! Elle ne m'a pas non plus rapporté mon cappuccino, précisa-t-elle, pensive.

Puis, secouant la tête pour recouvrer ses esprits, elle enchaîna :

— Comment procédons-nous ? J'ai le droit de rentrer… ou la reine vient me rejoindre à l'extérieur ?

— Je t'ouvre, dit-il en joignant le geste à la parole.

La lourde grille s'ouvrit alors devant elle, et l'obstacle qui les séparait disparut d'un coup.

En entrant dans la cour, Jade adressa un charmant sourire au jeune garde. La stupeur qu'il en conçut n'échappa pas à J.T. Décidément, Jade avait tous les hommes à ses pieds lorsqu'elle décidait d'exercer ses charmes ! pensa-t-il mi-bluffé, mi-agacé.

— Viens, lui dit-il. Je t'offre un café.

— Volontiers… si ce n'est pas toi qui l'as préparé !

— Contrairement à ce que tu crois, je sais faire le café.

— Tu as changé, alors, fit-elle d'un ton à la fois sceptique et malicieux.

Pourquoi discutait-il ? Dès qu'il s'approchait de la cafetière, ses collègues se précipitaient pour la lui ôter des mains…

— Ne t'en fais pas, je t'offre du bon café, lui assura-t-il alors.

Puis, posant une main dans le dos de Jade, il la guida vers l'intérieur du palais. Evidemment, ce geste de courtoisie anodin ne pouvait pas le rester ! J.T. ressentit immédiatement comme une sorte de décharge électrique…

« Un peu de volonté ! » s'enjoignit-il. Etait-il donc devenu une marionnette entre les mains de ses pulsions ?

Comme ils franchissaient les doubles portes de la bâtisse royale, Jade s'immobilisa dans ses pas…

La beauté de l'endroit lui coupa le souffle. Des mètres carrés de marbre clair et étincelant s'étendaient devant elle… Les murs étaient habillés de tableaux qui représentaient des générations de souverains, leurs portraits étant mis en valeur par de somptueux cadres de bois sculptés et dorés à l'or fin. Un immense lustre en cristal descendait du plafond, et les rayons du soleil matinal en illuminaient les pampilles, qui se transformaient en autant d'arcs-en-ciel. Enfin, un escalier imposant, en marbre lui aussi, conduisait au premier étage.

— Mon Dieu, c'est fabuleux ! dit-elle. Féerique…

— Je doute que l'atmosphère qui règne ici, en ce moment, tienne du conte de fées, constata-t-il.

— C'est regrettable.

Ils continuèrent leur progression dans le vaste vestibule. Les talons de Jade claquaient sur le sol étincelant.

— C'est si impressionnant que j'ai la sensation qu'il faut chuchoter, entre ces murs, ajouta-t-elle.

— Pas nécessairement, dit-il en balayant l'endroit des yeux.

Il travaillait ici, aussi ne s'émerveillait-il plus du luxe du palais. Cette splendeur lui paraissait presque naturelle dans la mesure où elle faisait partie de son paysage quotidien.

Lorsque son regard se dirigea de nouveau vers Jade, il vit qu'elle le fixait avec intensité.

— Qu'y a-t-il ? demanda-t-il.

— Rien…

Comment lui dire qu'il était encore plus bouleversant que ce lieu prodigieux ? Le cœur de Jade battait plus fort, en la seule compagnie de J.T., qu'à la vue de ce fabuleux palais…

Et franchement, il n'y avait pas de quoi s'en vanter ! ajouta-t-elle, brusquement fort remontée contre elle-même.

— Bien, dit-il en la prenant par le bras. Dans ce cas, allons-y.

Là-dessus, il l'entraîna dans un couloir tandis qu'une bouffée de chaleur se saisissait de nouveau d'elle.

L'anxiété lui tordait l'estomac.

Les yeux rivés à la pendule, elle se morfondait dans le bureau de la sécurité où J.T. l'avait fait patienter. Il venait de la briefer sur le protocole — qui épargnait la révérence, Dieu merci —, et maintenant, elle attendait son retour et son feu vert.

Dans quelques minutes, elle interviewerait la reine de Penwick…

Bon, elle devait absolument recouvrer son calme pour être à la hauteur de sa tâche.

Elle était si impressionnée qu'elle éprouvait une vague nausée. Allons, son corps n'allait tout de même pas la trahir dans un moment si crucial ! Cette interview, elle l'avait remportée de haute lutte, ce n'était pas le moment de flancher. Et pourtant, le doute, plus fort que tout, s'immisçait insidieusement en elle...

Franchement, qui était-elle pour exiger que la reine lui accorde une entrevue ?

Angoissée, elle se leva d'un bond et se mit à arpenter le bureau. Par la fenêtre, elle apercevait une partie des jardins royaux. Comme elle aurait aimé s'y réfugier pour échapper à l'entrevue imminente !

Décidément, elle rêvait toujours d'être de l'autre côté de la barrière !

Hier, elle aurait donné cher pour se trouver à l'intérieur du palais, et aujourd'hui, elle regrettait sa promenade dans les jardins... Dire que cela faisait trois ans qu'elle se battait pour arriver là où elle était aujourd'hui. Et voilà qu'elle était incapable de savourer sa victoire !

Elle devait dédramatiser ! La souveraine de Penwick était un être humain comme les autres. Et puis cette interview allait la propulser sur le devant de la scène nationale, voire internationale.

A la réflexion, elle ne savait pas ce qui la terrorisait le plus : faire un tabac grâce à l'entretien ou un fiasco.

— Prête ?

Elle sursauta violemment avant de virevolter sur ses talons. Elle se heurta alors à l'intense regard de J.T., et la chaleur qu'elle y lut apaisa immédiatement ses tourments et angoisses.

— Plus que jamais, assura-t-elle, de nouveau maîtresse d'elle-même.

Là-dessus, elle lui emboîta le pas.

— Nous allons emprunter l'ascenseur de service, annonça-t-il.

— Pourquoi ne pas monter par ce superbe escalier de marbre ? objecta-t-elle immédiatement.

— Parce que l'équipe de nettoyage est en train de s'y affairer, répondit-il. Bah, on s'épargne un peu de fatigue en prenant l'ascenseur. Il est petit, soit, mais fort pratique.

Petit…

Mon Dieu, quelle horreur ! Elle qui ne supportait pas les espaces clos ! En outre, partager un espace exigu avec lui ajoutait encore à son angoisse.

Elle avait l'intuition qu'elle devait éviter ce genre d'expérience.

Allons ! se reprit-elle, le palais ne s'élevait pas sur trente étages et, même s'ils montaient au dernier, le trajet serait court. Un peu de cran ! Elle n'allait pas lui révéler *maintenant* une claustrophobie qu'elle lui avait soigneusement cachée pendant leur vie commune.

Quant à lui avouer qu'elle redoutait sa compagnie dans un ascenseur, c'était impensable…!

J.T. appuya sur le bouton pour appeler la cabine. Au bruit de l'appareil qui s'ébranlait pour descendre au rez-de-chaussée, Jade serra les dents et respira à fond. Bientôt, elle rirait de ses ridicules appréhensions ! Dans dix minutes, elle ressortirait du palais son entretien en poche et le tour serait joué !

Pauvre Harry ! Comme il devait lui en vouloir d'opérer en solo. Etant donné qu'il était exclu de filmer, elle procéderait à un enregistrement sonore de l'entrevue qui serait ensuite diffusée sur Pen-T.V. avec une image fixe de la reine, entrecoupée d'interventions de sa part, correspondant aux différentes questions posées durant l'interview.

Un bruit indiqua que l'ascenseur arrivait.

La porte s'ouvrit ; J.T. entra dans la cabine, elle le suivit et la porte se referma. Le tout en quelques secondes à peine ! Il s'agissait effectivement d'un *petit* ascenseur, constata-t-elle avec effroi.

Minuscule aurait d'ailleurs été un qualificatif plus exact !

Pourquoi fallait-il qu'il fût si exigu ? N'avait-on pas les moyens d'installer un ascenseur plus spacieux, au palais ? Ou bien y estimait-on que les employés ne méritaient pas de telles attentions ? Les souverains de Penwick se croyaient-ils donc toujours au Moyen Age ? Ah, ce que c'était que le pouvoir, tout de même !

Ce fut alors qu'elle perçut les sourds battements de son cœur, qui n'étaient pas sans rappeler la grosse caisse d'un orchestre tant elle avait peur. Allons, dans quelques secondes, le cauchemar serait terminé ! se répéta-t-elle pour se rassurer.

Ce fut alors que, subitement, elle eut l'atroce sensation d'être prisonnière.

Sa gorge se noua...

Comme par hasard, au même moment, l'ascenseur se mit à vibrer de façon fort inquiétante.

L'instant d'après, il s'immobilisait brutalement, projetant ses occupants contre ses parois.

Jade riva un œil terrorisé sur J.T., puis sur la porte... Allons, d'une seconde à l'autre, cette porte allait s'ouvrir et elle s'élancerait alors à l'extérieur de cette maudite prison.

Il ne pouvait pas en être autrement !

Mais rien ne se passait...

— Pourquoi la porte ne s'ouvre-t-elle pas ? demanda-t-elle enfin d'une voix fort tendue.

— L'ascenseur est arrêté entre deux étages, annonça J.T.

Elle crut défaillir… Comme dans un cauchemar, elle le vit appuyer plusieurs fois vainement sur un bouton. Puis ouvrir une trappe dans la paroi et décrocher un combiné.

Affolée à l'extrême, le cœur battant si violemment, elle le regardait s'entretenir calmement au téléphone… *alors qu'ils étaient bloqués dans l'ascenseur* ! Enfin, il raccrocha et annonça :

— Pas de panique. Il s'agit d'une panne d'électricité. On va devoir attendre un peu.

— Pardon ? hurla-t-elle alors, excédée par sa désinvolture.

Agrippant des deux mains son polo, elle se mit à crier, au bord de l'hystérie :

— Fais-moi sortir de là ! *Immédiatement !*

7.

— C'est impossible ! Nous ne pouvons pas être bloqués dans cet ascenseur !

A ces mots, elle le relâcha sans ménagement, puis se mit à son tour à actionner tous les boutons.

— Comment se fait-il que le courant soit brusquement coupé ? continua-t-elle tandis que ses doigts pianotaient désespérément sur le clavier rectangulaire. Le courant ne *peut* pas être coupé. Nous sommes au palais, tout de même !

— La coupure d'électricité ne s'étend pas à tout l'édifice, précisa alors J.T. Il concerne uniquement le secteur dans lequel nous nous trouvons. Des fils ont été inversés.

— Eh bien, pourquoi ne les remet-on pas immédiatement dans le bon ordre ? s'insurgea-t-elle.

— Les fusibles ont sauté. Du calme, Jade !

Elle avait recommencé à appuyer sur tous les boutons, furieusement. En s'énervant un peu plus à chaque tentative vaine. Mon Dieu ! Mais que se passait-il donc ?

— Je suis calme, lui précisa-t-elle en se tournant vers lui. J'essaie juste de faire en sorte que ce fichu appareil se remette en marche.

— On ne peut rien réparer de l'intérieur, ma chérie, lui annonça-t-il d'une voix douce.

Instinctivement, il avait opté pour la douceur. Jamais encore il ne l'avait vue dans cet état. La Jade qu'il connaissait n'était pas du genre à s'énerver à la moindre difficulté.

Désireux de la calmer, il lui saisit les mains et la contraignit à abandonner le clavier pour lui faire face. Dans ses grands yeux affolés, il lut alors une indicible frayeur qui le déstabilisa sensiblement.

Il avait déjà perçu de la fureur, de la passion, de la tendresse, et même de l'inquiétude dans les lacs profonds de ses prunelles émeraude. Mais de la peur, jamais.

Aussi, fit-il ce qui lui vint naturellement à l'esprit : il l'attira à lui et l'enlaça.

— Que se passe-t-il ? demanda-t-il d'une voix qu'il voulait réconfortante. Pourquoi es-tu si inquiète ? On va bientôt sortir de là, sois sans crainte.

Elle lui jeta un dernier regard désespéré et, sans crier gare, enfouit son visage dans le creux de son épaule. Elle respira profondément la laine de son chandail tout imprégné de son eau de toilette, puis demanda d'une voix étouffée :

— Bientôt..., c'est-à-dire ?

— Je l'ignore. Une heure, peut-être.

— *Pardon ?*

Levant les yeux vers lui, elle le regarda, abasourdie.

— Une heure pour quelques fils inversés ? enchaîna-t-elle. C'est insensé. Je ne peux pas rester là tout ce temps. C'est impossible, c'est au-dessus de mes forces !

Patiemment, J.T. repoussa les mèches rebelles qui tombaient sur les joues de Jade, dégageant ainsi son beau visage bouleversé. Dans les eaux troublées de ses yeux s'agitait désormais une autre émotion que la peur : le désespoir.

Il se sentit désemparé, impuissant à l'apaiser, d'autant qu'il ne comprenait pas son angoisse.

— Que t'arrive-t-il, Jade ? Parle, je t'en conjure.

— Eh bien, c'est-à-dire que…

— Que quoi ? l'encouragea-t-il.

D'un geste vif, elle se dégagea de son étreinte et fit un pas en arrière.

Puis, l'œil inquiet, elle scruta l'espace clos, sondant chaque coin du réduit comme si elle cherchait une voie de sortie.

Après cette vaine inspection, elle tourna de nouveau la tête vers lui.

— Je suis claustrophobe…, annonça-t-elle d'un ton catastrophé.

Ce fut à lui de la fixer avec stupeur.

— Ah bon ? Pourquoi ne l'as-tu jamais dit ?

— L'occasion ne s'est pas présentée.

— Tout de même, nous avons été mariés, rétorqua-t-il, pris entre deux sentiments contradictoires.

Il ressentait d'une part une compassion naturelle pour elle, et d'autre part, il ne pouvait s'empêcher d'éprouver une irritation légitime à l'idée de ce silence inexplicable.

Combien de choses encore lui avait-elle tues ?

Et pourquoi ?

Ne lui avait-elle donc jamais fait confiance ?

— Nous avions une grande maison, et je n'en ai jamais souffert quand nous étions ensemble.

— Il a donc fallu que nous nous retrouvions pour que je l'apprenne, constata-t-il sur le ton de la dérision.

— Je vais me ressaisir, dit-elle en s'efforçant vainement de sourire. En général, je peux supporter d'être enfermée dans un endroit exigu quelques minutes. Je vais tenter de battre mes records.

— Tu aurais dû me prévenir avant que nous n'empruntions l'ascenseur.

— Je te dis que je pourrai tenir si ça ne dure pas trop longtemps. Mais si on doit rester là des heures…

— Et tout ça, pour une interview ! lâcha-t-il alors.

A ces mots, elle ouvrit de grands yeux horrifiés.

— L'interview ! Mon Dieu, tout est fichu. Oh, je n'arrive pas à le croire ! s'exclama-t-elle en proie à un profond abattement.

Alors, levant les yeux au plafond, elle poursuivit :

— Quelqu'un en haut lieu me déteste-t-il donc à ce point ? Qu'ai-je fait pour mériter ça ?

— Cesse de te lamenter pour cette fichue interview, lui ordonna-t-il alors presque sèchement.

C'était une obsession ou quoi ? Il allait finir par perdre lui aussi son sang-froid. Il passa une main nerveuse dans ses cheveux, s'ordonnant de se calmer. Il devait absolument garder à l'esprit qu'elle était terrorisée et que son rôle à lui consistait précisément à la rassurer.

Non à la rudoyer.

Tout de même ! Jade était vraiment incroyable. Son job l'obnubilait au point que, même dans une situation de stress, la première chose qui la tracassait, c'était ce maudit entretien.

Leurs regards se croisèrent dangereusement, et chacun vit dans celui de l'autre le reflet de sa propre colère. J.T. se rappelait parfaitement les accès de Jade. Instinctivement, il caressa sa cicatrice au front. Celle dont il avait hérité au cours de leur voyage de noces. Geste qui n'échappa pas à Jade…

Elle serra les dents. Oubliant presque sa claustrophobie sous l'élan de colère qui la submergea d'un coup, elle releva le menton et défia J.T. Elle planta ensuite les mains sur ses hanches et, plongeant ses yeux dans les siens, lui assena :

— Evidemment, pour toi, il est facile de me conseiller de me calmer et de relativiser cette interview : tu n'as jamais souhaité que je réussisse professionnellement.

— Tu exagères. Ai-je dit cela un jour ?

— Je te l'accorde, tu ne l'as jamais dit. Mais tu le pensais si fort que tu n'avais pas besoin de le préciser.

— J'ignorais tes talents de devin, railla-t-il alors en croisant posément les bras. Je comprends mieux pourquoi la chaîne tenait à ce que tu rencontres la reine. Certainement pour lire dans ses pensées, à elle aussi.

— Très drôle, fit-elle en le foudroyant du regard. Mais inexact ! Je n'avais pas besoin d'être une grande divinatrice pour savoir précisément ce que tu pensais de mon travail, J.T. Tu ne t'en souviens pas ? Pourtant, tu étais assez clair, à l'époque.

Evidemment qu'il se rappelait.

Trop bien, même.

Il aurait préféré que tout cela se brouille un peu au fil du temps. Mais sa mémoire était intacte et lui restituait dans leur vérité criante leurs querelles incessantes.

Elle voulait une carrière.

Il voulait une épouse.

Et ils avaient été incapables de trouver un équilibre.

Sans doute était-ce le sort réservé aux personnes dotées d'une forte personnalité et qui, contre tout bon sens, avaient décidé d'unir leur destin. Personne n'avait rien voulu concéder ; et, à trop tirer dessus, la corde avait fini par casser. Alors chacun avait repris son chemin. Seul.

— Pourquoi m'attaques-tu ? Je t'aimais, je voulais prendre soin de toi.

— Tu voulais surtout que je reste tranquillement à la maison, oui !

— Et alors ? Est-ce un crime ?

— Je n'ai pas dit que c'était un crime, rétorqua-t-elle vivement. Je dis simplement que je n'étais pas le genre de femme à attendre gentiment mon mari au foyer.

Elle recula de trois pas et se heurta à la paroi opposée à celle contre laquelle il était appuyé.

— Bon sang, tu ne veux pas comprendre ! poursuivit-elle Tu n'as jamais voulu comprendre. Tu es bien resté le même !

Son reproche le blessa car il le jugeait injuste.

— C'est faux ! se récria-t-il. J'ai fait preuve au contraire de beaucoup de compréhension.

Ce disant, il l'attrapa par le poignet et l'attira à lui.

A cet instant, il aurait juré entendre les battements affolés de son cœur contre sa poitrine.

Elle rejeta la tête en arrière pour le regarder, et il eut alors la curieuse sensation de se noyer dans l'océan de ses yeux.

Dans le même temps , son parfum fleuri l'ensorcela, l'inondant de sensations et de souvenirs dont l'intensité le déstabilisa.

Dans un ultime effort de volonté, il les refoula, bien résolu à dire enfin à son ex-femme ce qu'il avait retenu depuis si longtemps.

— Le matin de ton départ, commença-t-il, tu as affirmé ne pas pouvoir être heureuse si tu ne faisais pas carrière. Que ton mariage avec moi ne te *suffisait* pas. Que la famille que nous pourrions fonder ne te *suffirait* pas.

Malgré elle, elle sentit ses yeux se remplir de larmes. Oh, combien elle se maudissait de flancher ainsi !

De son côté, J.T s'interrogea. S'agissait-il de larmes de frustration, de colère ou simplement de tristesse ? Difficile à déterminer.

— Tu as prétendu devoir trouver ta propre voie, poursuivit-il. Faire tes propres choix et te forger une carrière qui représenterait autant à tes yeux que mon métier aux miens.

La serrant un peu plus étroitement, il ajouta :

— Te souviens-tu ?

— Oui, concéda-t-elle d'une voix blanche en se mordant la lèvre inférieure.

— Alors maintenant, je veux savoir..., annonça-t-il d'un air douloureux. Je veux savoir si tu es heureuse. Si ton départ en valait la peine. Réponds-moi. Es-tu heureuse, Jade ?

Heureuse ?

Là, en ce moment, tout près de lui, oh oui ! elle l'était. Qu'il était doux de percevoir les pulsations de son cœur et de sentir son souffle chaud sur sa joue !

Elle scruta intensément ses yeux foncés, des yeux dont elle rêvait depuis trois ans et dont le souvenir resterait à jamais gravé dans sa mémoire.

Heureuse ?

Sans J.T. ?

Impossible !

Mais il était tout aussi inconcevable de le lui avouer. Non, elle ne pouvait pas lui confier que, jusqu'à présent, sa carrière n'avait pas *suffi* non plus à combler sa solitude, son sentiment de vide intérieur. Quant à admettre qu'elle avait peut-être eu tort de le quitter...

Elle éluda la question de J.T.

— J'exerce un métier qui me plaît.

— Es-tu heureuse ? demanda-t-il de nouveau en haussant imperceptiblement le ton.

— J'ai une vie satisfaisante.

— Es-tu *heureuse* ?

Sa voix, dure et pressante, exigeait une réponse.

— Oui, dit-elle en le regardant droit dans les yeux.

Mensonge. Mais il aurait été bien trop honteux de lui avouer que, depuis son départ, le bonheur lui était resté une notion étrangère. A quoi bon d'ailleurs lui dire la vérité ? Pourquoi remuer le couteau dans la plaie ?

— Tu mens, affirma-t-il alors en la serrant si fort contre lui qu'elle pouvait à peine respirer. J'ai toujours su quand tu me mentais.

— Tu te trompes.

— Je t'ai manqué, affirma-t-il tandis qu'une lueur de colère passait dans ses yeux.

— Non, fit-elle, butée.

— Et tu me désires...

— J.T...

— Autant que moi je te désire !

Elle sentit ses jambes la trahir tandis qu'intérieurement, au cœur de son être, elle fondait...

Haletante, elle humecta ses lèvres. J.T. la clouait du regard, à l'affût de ses moindres réactions. Comment avait-elle cru pouvoir l'abuser ?

— J.T., reprit-elle la gorge nouée. Je t'en prie, arrête...

— Je n'ai jamais cessé de te désirer, déclara-t-il alors sans l'écouter. Il m'arrive souvent de rêver de toi, et quand je me réveille, j'ai mal.

A ces mots, elle sentit le même désir brûler à l'intérieur de son corps.

— Je connais ce genre de rêve, murmura-t-elle tristement.

Et cet aveu à voix haute eut sur elle un effet libérateur. Brusquement, elle se sentit soulagée. Et sans plus réfléchir à rien, elle se mit à caresser les bras de J.T., laissant le plus naturellement du monde ses doigts courir sur son chandail.

Ses seins durcirent tandis qu'elle se lovait sans retenue contre lui, appréciant la force qui se dégageait de tout son être. Son sang courait dans ses veines, la chaleur l'envahissait ; elle était saisie d'un désir si impérieux, si profond qu'il n'y avait pas d'échappatoire.

La solution passait par lui.

Indubitablement, il serait son sauveur.

— Assez parlé, murmura-t-il alors.

Un gémissement lascif franchit les lèvres de Jade lorsqu'il posa la main au creux de ses reins et remonta le long de sa colonne vertébrale, pour prendre doucement mais fermement sa nuque. Puis il se pencha vers sa bouche et, capturant ses lèvres, il lui vola un baiser. Violent, sauvage. Qui lui déroba le souffle et anéantit ses ultimes réserves.

Alors elle s'abandonna, et se laissa délicieusement dériver… Protester aurait tout simplement été au-dessus de ses forces.

A présent fougueux, J.T. la plaqua contre la paroi de l'ascenseur, tout en faisant fiévreusement courir ses mains sur son corps.

Bientôt, il lui retira sa veste et la jeta à terre.

Et tandis que leurs langues se mêlaient farouchement et que cette folle danse allumait en Jade un véritable incendie, les doigts de J.T. déboutonnaient adroitement son chemisier jaune pâle…

Alors, tout aussi fébrile que lui, elle lui vint en aide. Bientôt son chemisier vola lui aussi sur le sol, rejoignant sa veste.

Plus rien au monde ne comptait que les caresses de J.T. sur son corps éperdu de désir ! Ses mains d'homme emprisonnèrent ses seins. Mmm, quelle délicieuse sensation d'être à lui ! Lorsque, à travers la dentelle de son soutien-gorge, il en titilla les pointes, elle se sentit presque chanceler… Heureusement, il l'enlaça de nouveau et son corps solide, tout contre le sien, la rassura. A son tour, elle voulut le déshabiller, lui retira son chandail, sortit sa chemise de son pantalon… Enfin, ses paumes se posaient sur sa chair chaude, sur son ventre dur et musclé.

Elle sentit un frisson érotique le parcourir de haut en bas… Une vague de satisfaction la submergeait : elle avait donc le pouvoir de faire vaciller cet homme si fort et si impressionnant ?

Galvanisée, elle lui ôta tout à fait sa chemise, puis se pressa contre son torse nu, immédiatement envahie par une sensation de bien-être absolu. Comme ivre de bonheur, elle dessina de voluptueuses arabesques sur sa poitrine et son dos musclés…

De son côté, il s'apprêtait à dégrafer son soutien-gorge. Lorsque les bretelles glissèrent sur les épaules de Jade et que la dentelle atterrit à leurs pieds, il prit ses seins en coupe dans ses mains et, avec ses pouces, en caressa sensuellement les pointes durcies.

Elle poussa un petit cri et rejeta la tête en arrière… Et, quand il se pencha pour embrasser un sein, puis l'autre, elle se mit à gémir doucement… La langue et la bouche de J.T. exerçaient des pouvoirs magiques sur son corps. Elle tremblait d'excitation et de désir.

Il y avait si longtemps ! Si longtemps qu'elle rêvait de cet instant. Si longtemps qu'elle n'avait pas ressenti de telles voluptés…

— J'ai besoin de toi, ma chérie, murmura-t-il contre sa peau.

Sous la caresse conjuguée de son souffle et de ses paroles, des frissons filèrent le long de son échine.

— Viens, Jeremy, chuchota-t-elle, éperdue. Maintenant.

Inutile qu'elle le supplie, il ne demandait qu'à lui plaire et lui obéir. Promptement, il fit glisser sa main sur les cuisses de la jeune femme… avant de relever sa jupe à la hauteur de sa taille.

D'instinct, elle s'agrippa à son cou pour enrouler ses jambes autour de ses reins. J.T. entendait battre son cœur, voyait pulser son pouls à la base de son joli cou.

Ce fut alors que, quelque part en lui, du fond de sa raison, une voix voulut lui susurrer qu'il était fou.

Qu'il se comportait comme le dernier des insensés !

Qu'il se trouvait dans l'ascenseur du palais, et qu'il pourrait être renvoyé sur-le-champ si on l'y surprenait à moitié nu, en compagnie de la journaliste censée interviewer la reine.

Et pourtant, il voulait bien aller en enfer pour ce qu'il s'apprêtait à faire…

Ignorant délibérément cette voix, il se concentra sur Jade, dont l'intimité était encore voilée de soie. Jade… Sa bouche était rouge, toute gonflée de baisers. Il sentait ses seins palpitants contre son torse, et, chaque fois qu'elle respirait, ils le frôlaient, se pressaient tout doucement contre lui.

Le corps de Jade l'appelait.

Les yeux dans ses yeux, il glissa la main sous la soie de sa culotte et explora bientôt ses tendres profondeurs. Elle poussa un soupir lascif et se cambra, chaloupa pour lui exprimer son désir et ce qu'elle attendait de lui.

Comme il aimait cela ! Ils étaient vraiment sur la même longueur d'onde. Ils s'étaient trouvés. Re-trouvés. Et leurs caresses se firent de plus en plus précises…

Tremblante, Jade murmura :

— Jeremy… Je veux te sentir en moi.

Tendu comme un arc, à bout de souffle, il la dénu tout à fait. Elle resserra son étreinte, épousa ses hanches, enfonça les ongles dans sa chair…

Chaque caresse de Jade l'électrisait. Si elle ne voulait pas de son cœur, elle était affamée de son corps et il adorait cela. Il adorait l'idée de lui appartenir et de la faire sienne.

Enivré à l'extrême, il se dépouilla de son pantalon. La seconde suivante, il était en elle et leurs cris se confondaient. Enfin ! Enfin, elle était de nouveau sa femme et il rentrait au port ! Son exquise moiteur l'accueillit ; il se mit à aller et venir, doucement.

Sous la houle de l'amour, Jade ne pensait plus à rien d'autre qu'au corps aimant qui comblait le sien. Le reste du monde avait depuis longtemps disparu… C'était la même magie, la même chaleur, la même soif que la première fois. Elle se pliait, consentante et ravie, au rythme de son amant, ondulant à la même cadence que lui.

Durant les années de séparation, elle avait tellement fantasmé ces retrouvailles, elle les avait tellement appelées de toutes ses forces, qu'elles n'en étaient que plus merveilleuses.

Elle sentait bouillir son sang, tambouriner son cœur, et ses yeux ne quittaient pas ceux de Jeremy. Elle avait besoin d'être enchaînée à lui à l'instant où elle chavirerait…

Soudain, la pulsation familière du plaisir naquit au fond de son ventre. Jeremy le perçut car il murmura :

— Oui, mon amour ! Abandonne-toi.

Elle répondit, cherchant son souffle :

— Pas sans toi. Cette fois, tu pars avec moi. Je t'emmène, Jeremy.

Ces mots portèrent le coup de grâce au contrôle de Jeremy. L'instant d'après, ils plongeaient ensemble dans la nuit voluptueuse de l'orgasme partagé. Le corps et l'âme de Jade volèrent en éclats sous la violence du souffle de l'amour…

8.

Au sous-sol, deux hommes en salopette bleue s'activaient autour d'un enchevêtrement de fils électriques qui sortaient de la cloison.

Derrière eux se tenait une troisième personne en uniforme qui paraissait fort nerveuse.

— Eh bien ? demanda le soldat qui observait avec une attention soutenue les manœuvres des électriciens. Pouvez-vous faire quelque chose, oui ou non ?

L'un des deux ouvriers lui jeta un coup d'œil agacé par-dessus l'épaule et répondit :

— Evidemment ! Nous viendrons à bout de cette panne. Seulement, cela va prendre un peu de temps.

— Combien ?

Un bruit sourd, suivi d'un vol d'étincelles blanches et bleues, les interrompit.

Une odeur de brûlé se répandit immédiatement dans l'air et l'électricien poussa un soupir accablé : quelques fils supplémentaires de fichu !

— Alors ? insista l'homme en uniforme.

— Je l'ignore ! répliqua l'ouvrier, passablement agacé. Un certain temps, voilà, je ne peux pas vous en dire plus.

Le soldat lui lança alors un regard hautain, puis disparut pour faire son rapport.

Bon sang !

Il espérait ne pas être dans les parages lorsque Jeremy Wainwright sortirait de l'ascenseur. Car ce dernier serait si furieux qu'il congédierait d'abord ses subordonnés… et poserait des questions ensuite !

La sanction en premier, et la discussion après, c'était en général dans cet ordre-là qu'il procédait.

— Espérons qu'ils vont prendre tout leur temps pour réparer la panne, murmura J.T.

Lui et Jade étaient encore plaqués l'un contre l'autre, comme s'ils avaient décidé de ne plus jamais se séparer. Il poursuivit sur le même ton feutré :

— Imagine que la porte s'ouvre maintenant et que le roi nous découvre enlacés ! Je ne crois pas que je survivrais… Je donne ma démission avant qu'il ne me signifie mon renvoi.

Un sourire aux lèvres, Jade l'écoutait d'une oreille distraite, toujours lovée contre lui. D'où lui venait cet étrange sentiment de grâce ? Sans ce corps pressé contre elle, il lui semblait qu'elle redeviendrait une sorte de fantôme… Jamais encore elle n'avait éprouvé une sensation semblable, même à l'époque où ils vivaient ensemble, J.T. et elle.

Physiquement, ils s'étaient toujours bien accordés, mais aujourd'hui… Aujourd'hui, ce qu'ils avaient vécu se situait au-delà de l'harmonie des corps. Ils avaient atteint quelque chose comme… le ravissement des âmes.

— Je suis incapable de faire le moindre mouvement, constata-t-elle.

— Quelle importance ! Tu es très bien où tu es.

Elle avait protesté pour la forme, car, à elle aussi, la situation convenait parfaitement. Grâce à son corps encore enchaîné au sien, elle ressentait avec J.T. une exquise impression de complétude, de plénitude — pour la première fois depuis trois ans.

Pour la première fois depuis qu'elle l'avait quitté...

Relevant la tête, il lui sourit tendrement et demanda :

— Comment va ta claustrophobie ?

A ces mots, elle laissa fuser un bref rire et répondit promptement :

— Il semblerait que je sois guérie !

— La prochaine fois que tu souffres d'une pathologie quelconque, viens me consulter au lieu de te rendre chez ton médecin. Je reçois sans rendez-vous.

— Je reconnais que tu prescris des traitements efficaces, répondit-elle dans un sourire suave.

— A mon avis, ta thérapie n'est pas tout à fait terminée, annonça-t-il alors d'une voix langoureuse.

Se penchant vers elle, il captura sa bouche et lui donna un baiser aussi ardent que profond, non sans prier pour que ce traitement dure toujours. Elle était la seule femme qui eût jamais existé à ses yeux et la seule qui existerait jamais.

Au diable leurs différends et leur divorce ! Seul comptait l'instant présent... Et, en ce moment précis, elle était nue entre ses bras, offerte à lui. Alors le reste...

Lentement, il recommença à se mouvoir en elle, ondulant des hanches avec une grâce toute féline. Peu à peu, il accéléra le rythme, plongeant de plus en plus profondément en Jade, comme pour s'y enraciner.

Comme s'ils étaient unis pour la vie.

Et, même si la raison lui criait que c'était une illusion, que bien trop d'obstacles se dressaient sur leur route pour qu'ils restent ensemble, son cœur, lui, refusait de l'entendre.

Tout comme son corps.

Tout en l'embrassant à perdre haleine, il laissait ses doigts errer sur sa poitrine, en palpait les pointes dressées… Un léger gémissement échappa à Jade lorsque qu'elles roulèrent sous ses pouces… De ses jambes, elle ceignit de nouveau le corps de son amant, l'invitant à poursuivre.

Comme il était grisant de susciter en elle ces ondes d'excitation ! songea Jeremy. Une excitation qui nourrissait son désir à lui et mettait le feu à son corps…

Il la dévisagea avec une intensité brûlante, tout en lui maintenant le menton pour qu'elle soutienne son regard. Des étoiles traversèrent alors le vert marin de ses yeux. Des étoiles de passion que lui seul avait le pouvoir d'y faire naître. Frissonnante entre ses bras, elle continuait à pousser de délicieux petits gémissements, tandis que le plaisir montait peu à peu en elle.

— Jeremy… Oh, Jeremy, répéta-t-elle.

— Relax, bébé. Laisse-toi aller…

— Avec toi, je veux bien aller jusqu'au bout du monde, lui dit-elle avec passion.

Il se délectait de l'adorable spectacle qu'elle lui offrait, tout en sentant son corps palpiter contre lui… Lentement, il se remit à aller et venir en elle, guidant une danse terriblement érotique, aussi dangereuse et risquée que s'ils valsaient au bord d'un précipice.

Et cette langueur les rendait tous deux fous.

— Emporte-moi encore plus loin, plus haut, implora-t-elle.

A ces mots, J.T. se mit à chalouper contre elle avec une fougue insensée, les entraînant dans un galop, allumant des sensations sauvages et enivrantes.

Jusqu'à ce que, de nouveau, le monde bascule autour d'eux et qu'un million d'étoiles explosent ensemble et les éblouissent.

Dans le feu de la passion, tout semblait aller de soi. Les amants oubliaient le monde extérieur et leurs affres, ne voyaient et n'entendaient plus rien… Hélas ! Une fois les corps comblés, pourraient-ils espérer que la réalité renonce à les rattraper ?

Les paupières closes, Jade avait niché sa tête dans le creux de l'épaule de Jeremy, consciente de recouvrer progressivement sa raison. Sa tyrannique raison. Et force était de constater qu'en dépit de la merveilleuse expérience qu'ils venaient de partager, de la sublime impression d'intimité retrouvée, rien, absolument rien n'avait changé.

— Tout va bien ?

Le murmure de Jeremy glissa en elle comme une caresse intime.

— Oui, répondit-elle un peu vite, la vérité étant bien trop compliquée à exprimer.

Doucement, il se détacha d'elle et elle reposa les pieds sur le sol, pétrie de la terrible sensation que la trêve était terminée.

Elle se pencha alors pour ramasser ses vêtements et, comme elle se redressait, elle vit un objet qu'elle n'avait pas encore repéré…

— Oh, mon Dieu ! s'exclama-t-elle.

— Qu'y a-t-il ?

— Est-ce bien ce que je redoute que ce soit ? demanda-t-elle en désignant un angle du plafond.

— M… ! J'avais complètement oublié ce détail !

Il s'agissait bel et bien d'une caméra, accrochée discrètement au plafond de l'ascenseur.

Immédiatement, elle lui tourna le dos et se rhabilla à la hâte.

Pathétique manœuvre !

Elle se dépêchait de se couvrir le corps, dos à cet œil espion, alors que quelques minutes plus tôt…

Oh non ! Elle n'arrivait pas à le croire.

Eh bien, pour la discrétion, ils pourraient repasser… Quelle horreur ! C'était monstrueux !

Comme elle reboutonnait fébrilement son chemisier, une pensée lui traversa l'esprit. Aussitôt elle s'exclama :

— S'il te plaît, J.T., dis-moi que dans la mesure où le courant ne fonctionne pas pour l'ascenseur, la caméra est elle aussi hors service.

Il considéra posément ses propos, tout en renfilant sa chemise et son chandail. Par quel miracle les hommes pouvaient-ils demeurer si calmes dans des situations aussi dramatiques ? pensa-t-elle.

Ce n'était pas juste !

Tandis qu'elle prenait bien soin de toujours présenter son dos à l'objectif voyeur, J.T. s'en approcha au contraire pour l'examiner. Quelques secondes s'écoulèrent, aussi longues que l'éternité…

— C'est bon, finit-il par dire. Nous ne risquions rien.

— Comment le sais-tu ?

— Regarde !

Non, elle ne voulait absolument pas se retourner et offrir son visage en gros plan à cette maudite caméra. Et si J.T. se trompait ? Après tout, il ne savait pas tout des secrets du palais !

— Jade ! insista-t-il. Regarde !

Elle risqua un œil vers lui, tout en se gardant de fixer la caméra.

— Elle ne fonctionne pas plus que l'ascenseur. Le témoin lumineux est éteint.

— Tu en es bien sûr ?

— Sûr et certain, affirma-t-il.

Passant alors une main dans ses cheveux, il ajouta d'un air las :

— Nous l'avons échappé belle. Car si elle avait marché, je ne m'en serais même pas aperçu.

— Moi non plus, tu sais, dit-elle pour le rassurer.

— Peut-être, mais toi, ce n'est pas ton job d'être attentif à tout. Alors que moi…

— Allons, ne te blâme pas. Nous étions un peu… distraits.

Ce mot le frappa comme une balle en plein cœur. Il lui adressa alors un regard qui la glaça jusqu'aux os. Toute trace de tendresse avait déserté son visage.

— Distraits ? Est-ce donc tout ce que tu as ressenti ? Tu t'es amusée ?

— J.T., c'est…

— Je n'arrive pas à le croire… Voilà que tu recommences ! C'est tout de même incroyable.

— Mais qu'est-ce que tu racontes ?

—Regarde-toi ! On a l'impression que rien ne s'est passé entre nous, tu es redevenue aussi distante qu'avant. Plus encore.

Il avait toujours su lire en elle comme dans un livre ouvert et il était vrai que, imperceptiblement, elle était en train de reprendre de la distance. Mais c'était par instinct de survie ! *Pour leur salut à tous deux.*

Ne pouvait-il donc pas le comprendre ?

— Je doute que ce soit le bon endroit pour régler tes comptes, J.T., argua-t-elle d'un ton réprobateur.

— Avec toi, ce n'est jamais le lieu ni le moment de discuter.

— Tu es injuste ! s'indigna-t-elle.

— Non, j'énonce simplement une vérité qui te déplaît.

— Assez, J.T. !

Secouant la tête d'un air perplexe, il décréta alors d'un ton étrangement calme :

— J'aurais pourtant dû le voir venir.

— Tu es réellement impossible ! s'emporta-t-elle.

— Et toi, tu n'es jamais vraie !

Le reproche vibra dans l'air...

Le regard enchaîné au sien, il se rapprocha d'elle. Un air si menaçant assombrissait ses traits qu'il fallut quelques secondes à Jade pour se rappeler que l'homme qui lui ravissait jusqu'à son souffle, dans ce minuscule ascenseur, c'était J.T., et qu'il se serait tué plutôt que de porter la main sur elle.

— C'était bien davantage qu'un divertissement. Bien plus que des ébats charnels, et tu le sais parfaitement, Jade ! déclara-t-il entre ses dents.

Ses yeux brillaient d'un feu noir. Elle vit un muscle de sa mâchoire tressaillir et comprit qu'il faisait de louables efforts pour se contrôler.

Comme toutes les fois où ils s'étaient disputés, jadis !

Elle, elle jetait les objets au sol, et lui, il serrait les dents, attentif à ne pas perdre les pédales.

En dépit de sa brièveté, leur mariage avait été haut en couleur. Et, même après ces trois années, il demeurait le seul à la connaître vraiment.

Il avait raison, bien sûr ! Faire l'amour avec lui, dans cet ascenseur, relevait d'autre chose que du simple divertissement. En réalité, c'était l'accomplissement des rêves et des pensées qui l'avaient hantée durant trois ans. C'était une expérience fantastique. La preuve ! Son corps frémissait encore de plaisir, chaque parcelle de sa peau restait en alerte, prête à s'enflammer de nouveau.

S'il tentait de la prendre encore, maintenant, nul doute qu'en un rien de temps ses vêtements joncheraient le sol et qu'elle accepterait volontiers un autre corps à corps érotique...

Elle tressaillit. Non ! Elle devait rejeter une telle éventualité. Aussi répliqua-t-elle d'un ton dur, presque accusateur :

— Que suis-je censée te répondre ?

Là-dessus, résolue à contrer le feu par le feu, elle se campa devant lui, mains sur les hanches. Sachant pertinemment qu'elle ne l'impressionnait nullement, elle poursuivit néanmoins :

— Que veux-tu entendre de ma bouche, J.T. ? Que j'ai vu des étoiles ? Eh bien, oui, c'est un fait, je les ai tutoyées tout à l'heure, entre tes bras. Quoi encore ? Que c'était merveilleux ? Oui, ça l'était.

Reprenant son souffle, elle abattit alors son argument de choc :

— Mais ça ne change rien du tout !

— Toi non plus, tu n'as pas changé, trésor ! rétorqua-t-il sur le ton de la dérision.

— Que veux-tu dire exactement ? demanda-t-elle en sentant monter la fureur en elle.

— Tout simplement que tu es la même personne que celle que j'ai connue autrefois. En somme, tu es restée fidèle à toi-même.

A un souffle de son visage, il ajouta :

— Et non seulement tu continues à te mentir à toi-même au sujet de notre couple, mais qui plus est, tu es toujours trop lâche pour nous donner une chance.

Instinctivement, elle se plaqua contre la paroi. Elle ne supportait plus que leurs souffles se mêlent. La magie était définitivement passée.

— Je ne suis pas lâche, se récria-t-elle.

— La fuite est toujours un aveu de faiblesse, Jade, insista-t-il. Et fuir, c'est ce que tu as fait, il y a trois ans.

— Non, je n'ai pas fui ! Je suis partie. Il y a une différence !

— De vitesse, oui, je te l'accorde.

— Est-ce que tu crois que ça m'amusait d'être *obligée* de partir ? fit-elle d'un ton exaspéré.

— Quand on n'en a toujours fait qu'à sa tête, on est incapable de la moindre concession, observa-t-il durement.

— Tu ne m'as pas laissé le choix, J.T.

— On a toujours le choix, trésor.

— Cesse de m'appeler trésor ! s'énerva-t-elle.

— Essaierais-tu de détourner la conversation ? fit-il d'un ton détaché, tandis que la raideur de ses épaules et l'expression figée de ses traits démentaient clairement la désinvolture qu'il voulait afficher. Avoue que tu redoutes la vérité, Jade.

— Tu n'es qu'un crétin ! marmonna-t-elle, à bout de nerfs.

— Bravo ! Les insultes, à présent... Décidément, tu ne m'épargneras rien.

A cet instant, un terrible silence s'abattit entre eux, puis il reprit d'un air moqueur :

— Crétin, donc... Quel cruel manque d'imagination pour une journaliste de ta trempe !

Elle fulminait, sans piper mot.

Quant à J.T., résolu à surfer sur la vague de l'ironie, il regarda autour d'eux d'un œil moqueur et ajouta, l'air faussement contrit :

— Désolé, il n'y a pas de livres que tu pourrais m'envoyer au visage. Remarque, tu peux essayer de t'en prendre à moi à mains nues. Vas-y, Jade, montre-moi ce que tu vaux.

— Cesse de railler mon courage, J.T. ! Il m'en a fallu pour te quitter.

— Non, il t'en aurait fallu pour rester et nous accorder une chance. N'inverse pas les choses, s'il te plaît !

— A quoi bon insister quand on sait que ça ne va pas marcher ? demanda-t-elle alors, le regard soudain perdu.

— Comment peux-tu en être si certaine ? Tu n'as pas essayé !

— Essayé quoi ? D'être une gentille femme au foyer entourée d'une nuée d'enfants ? Ce n'est pas un rôle que l'on prend et que l'on quitte aisément. Une fois que l'on a des enfants, il faut les assumer. Il n'y aurait pas eu de retour en arrière possible. Et tu le sais pertinemment !

— Accuse-moi d'avoir voulu te piéger, tant que tu y es !

Pointant un index accusateur sur sa poitrine, elle lui rappela alors :

— Tu voulais que ton dîner soit prêt tous les soirs à 7 heures. Et de surcroît, que je te le serve avec le sourire. Tu ne comprenais pas pourquoi ce rôle ne me convenait pas.

— Je voulais prendre soin de toi, de notre famille. T'épargner des soucis. C'est légitime !

— Tout comme il est légitime pour une femme de vouloir travailler. De participer au bien-être matériel de sa famille.

Il leva les yeux au ciel, avant de se mordre nerveusement la lèvre inférieure. Devant son silence, elle enchaîna.

— Eh bien, J.T., que se passe-t-il ? Tu ne contre-attaques pas ? Tu es devenu muet ? Le sens de la repartie t'a-t-il brusquement déserté ?

— O.K. Si ça peut te faire plaisir, j'admets que j'étais borné. Et entêté ! Mais tu ne l'étais pas moins.

— Avoue que, dans ces conditions, cela ne menait à rien de rester ensemble. Deux volontés aussi fortes que les nôtres n'étaient pas compatibles.

— Nous aurions pu trouver un compromis, affirma-t-il encore de cette voix rauque qui, invariablement, déclenchait des frissons dans le dos de Jade.

— Nous n'aurions fait que nous blesser davantage, et je ne voulais pas continuer à nous infliger ces meurtrissures. Nous méritions mieux, toi et moi.

A ces mots, elle s'adossa à la paroi.

De son côté, il ne cessait de se passer la main dans les cheveux tout en tâchant de recouvrer son calme, car il était à fleur de peau.

Initialement, il n'avait pas l'intention de rouvrir la plaie du passé. Pourquoi avait-il fallu que ce maudit appareil tombe en panne ? La promiscuité leur avait fait perdre la tête.

— C'est vraiment comme au bon vieux temps, Jade, constata-t-il tristement.

Il émit un rire sec, puis ajouta :

— On s'aime passionnément et puis on se querelle. Rien n'a changé.

— Je ne veux plus me disputer avec toi, J.T.

Il attacha son regard à son beau visage farouche… Et la colère céda le pas aux regrets. Des regrets qui le laissaient meurtri et assommé.

D'un geste las, il fit glisser ses doigts sur la joue de Jade, puis laissa lourdement retomber sa main. Alors il se pencha, ramassa le vêtement qui était encore par terre et le lui présenta.

Elle l'enfila sans dire un mot, comme si elle entrait dans une armure. En l'occurrence, elle n'en avait pas besoin :

les vieilles blessures et douleurs venaient de se dresser de nouveau entre eux.

— On a toujours été fous amoureux, n'est-ce pas, trésor ? fit-il.

Puis, l'aidant à ajuster sa jupe, il dit d'un air résigné :

— C'est juste cette fichue vie en commun qui a tout gâché.

Elle leva les yeux vers lui et vit s'y refléter la peine qu'elle-même éprouvait.

— Tu m'as manqué, J.T.

— Et toi donc.

Sur une impulsion, il la serra très fort contre lui, tout en ayant la terrible sensation qu'il lui disait adieu. Son cœur se tordit de douleur.

— C'est bien là le drame, ma chérie. Tu me manques.

La réponse de Jade fut à jamais perdue car, à cet instant, ils ressentirent une vive secousse, accompagnée d'un bruit sourd. Et puis l'ascenseur s'ébranla subitement.

— On dirait que la panne est réparée, constata-t-il.

Précision tout à fait inutile, mais parler lui donnait une contenance.

Remettant de l'ordre dans ses cheveux, elle ramassa son sac et en passa la bandoulière à son épaule. Puis elle s'enquit :

— Ça va ? Je suis présentable ?

— Présentable ? Tu es superbe, oui ! Comme toujours.

En dépit du compliment, son ton était sec et ses yeux sombres. L'homme avec qui elle venait de partager d'inoubliables moments venait de céder la place au spécialiste de la sécurité hostile aux journalistes — *espèce* à laquelle elle appartenait.

9.

Lorsque les portes de l'ascenseur s'ouvrirent, J.T. comprit immédiatement qu'un événement grave venait de se produire.

Le jeune garde qui attendait au garde-à-vous devant l'appareil les fixa d'un air curieux, puis annonça :

— M. Vaucour vous attend dans la salle de réception de la reine.

— Maintenant ? demanda J.T. tout en saisissant le bras de Jade pour éviter que, brusquement paniquée par ce changement de programme, elle ne prît peur et ne s'enfuît.

— Sur-le-champ ! répondit le jeune homme. Vous êtes attendu en compagnie de Mme Erickson.

Que signifiait cette convocation ? s'interrogea J.T. interloqué.

Ce fut alors que, consultant sa montre, il constata qu'ils étaient restés bloqués plus d'une heure dans l'ascenseur ! Une heure et des poussières de retard, donc ! Or, l'emploi du temps de la reine était des plus serrés. Contrairement aux bruits qui couraient dans l'opinion publique, les souverains ne menaient nullement une vie d'oisiveté, mais étaient souvent surmenés entre leurs différentes œuvres de charité et les réunions politiques.

Sans compter les situations de crise.

Pour cette raison, J.T. doutait fort que la reine se trouvât encore dans la salle de réception, à attendre tranquillement que la journaliste qui devait l'interviewer à 10 heures tapantes, pendant une durée précise de dix minutes, fût enfin délivrée de l'ascenseur dans lequel elle avait malencontreusement été bloquée.

Nul doute que l'entretien serait reporté à un autre jour.

Dans ces conditions, pourquoi les attendait-on de toute urgence dans la salle de réception ?

Quel genre de révélations allait donc leur faire Franklin ?

Plus il réfléchissait et moins il parvenait à éclaircir le mystère — ou tout au moins à trouver une hypothèse plausible.

Franchement, il se produisait des événements bien étranges, au palais...

Jade était-elle responsable de cette mauvaise configuration ?

— Que se passe-t-il ? demanda celle-ci, nerveuse, tandis qu'il l'entraînait vers la salle où patientait Vaucour.

— Je l'ignore, répondit-il brièvement sans lâcher son bras.

Il se garda bien de lui livrer le fruit de ses réflexions.

Après tout, il n'était sûr de rien, et elle découvrirait toujours à temps que la reine n'était plus là, si tel était le cas.

Un épais tapis étouffait leurs pas et, pourtant, il lui semblait qu'ils résonnaient dans tout le vestibule.

Sans ralentir l'allure, Jade ouvrait grand les yeux, fascinée par la splendeur qui se déployait autour d'elle, entièrement sous le charme de l'aile privée du palais, de ces fameux appartements royaux que peu de personnes à Penwick pouvaient s'enorgueillir d'avoir vus.

Des pastorales de maîtres et des tapisseries du Moyen Age recouvraient les murs. Des chaises et des guéridons meublaient les couloirs. Il s'agissait de meubles d'époque, patinés par le temps et les chiffons des domestiques.

Des flaques de lumière ivoire se déversaient des appliques en or qui ornaient les murs, semant des taches pâles sur le tapis rouge foncé.

De lourdes tentures en velours protégeaient les meubles délicats des rayons du soleil matinal.

— Comme c'est beau ! constata-t-elle à voix basse.

Il lui tenait fermement le bras, ce qui n'empêchait nullement Jade de tourner la tête à droite et à gauche. Elle était littéralement subjuguée, et ne cherchait pas à cacher sa curiosité.

— Voilà, nous sommes arrivés, annonça J.T. C'est cette porte-là.

A ces mots, elle s'arrêta net.

— Qu'y a-t-il ? fit-il, vaguement soucieux.

Elle exhala un long soupir et répondit :

— Rien, je reprenais juste ma respiration.

— Tu as peur ?

Ces mots avaient franchi ses lèvres avant qu'il ne réfléchisse et il les regretta immédiatement.

Le foudroyant du regard, elle haussa les épaules et rétorqua farouchement :

— Non ! Quelle idée !

Puis elle s'efforça de recouvrer une respiration régulière et de maîtriser d'une part sa colère contre lui et d'autre part son appréhension. La crise de nerfs, ce serait pour plus tard ! Là, devant J.T., elle ne devait absolument pas montrer sa nervosité. Même si, en l'occurrence, l'état dans lequel elle se trouvait se situait bien au-delà de la nervosité. A vrai dire, c'était un état indescriptible

Il fallait dire que les événements s'étaient enchaînés d'une bien curieuse façon ! A 8 heures du matin, on l'avait convoquée pour un entretien avec la reine deux heures plus tard et cette entrevue à elle seule suffisait à l'angoisser. Et voilà qu'en chemin, elle était non seulement restée bloquée dans un ascenseur, mais qu'elle avait également follement fait l'amour avec son ex-mari dans ce réduit !

N'était-ce pas plus qu'une personne normalement constituée pouvait supporter ?

Elle fixa la porte qu'ils s'apprêtaient à franchir...

Derrière cet ultime rempart se trouvait le but vers lequel avait tendu son travail des trois dernières années. Car, obnubilée par sa mission, elle ne doutait pas un instant qu'elle allait enfin rencontrer la reine.

Le rendez-vous aurait visiblement lieu en présence de Vaucour qui n'était pas, initialement, prévu au programme ! Voici pourquoi un jeune garde les en avait avisés dès qu'ils étaient sortis de l'ascenseur.

Cet entretien revêtait à ses yeux une véritable consécration. Et nul doute qu'il lui vaudrait une belle promotion !

Or, curieusement, elle était consciente qu'une part d'elle-même ne souhaitait pas pénétrer dans la salle de réception.

Où était la logique dans tout cela ? pensa-t-elle, exaspérée par les sentiments ambigus qu'elle ressentait.

Allons, il fallait dire que les circonstances ne l'aidaient guère ! Au contraire ! On aurait dit qu'elles se déchaînaient contre elle. Elle avait l'impression d'avoir atteint un point de non-retour.

— Allons-y ! dit-il en tendant le bras pour la laisser passer.

— Bien ! fit-elle.

Elle releva le menton, faisant appel à ses ultimes réserves de courage. Comme si, au lieu de franchir le seuil d'une pièce, elle s'apprêtait à plonger du haut d'une falaise…

Contrairement au vestibule peu éclairé par la lumière du jour, la salle de réception était spacieuse et lumineuse.

Les rideaux en lin immaculé avaient été soigneusement tirés de chaque côté de l'immense baie, de sorte que le soleil inondait la pièce. En outre, un magnifique panorama s'ouvrait sur le jardin aux roses.

Devant la baie étaient disposées deux chaises remontant à l'époque de la reine Anne, chaises elles-mêmes agencées autour d'une petite table ronde. Sur cette dernière se dressait un immense vase en porcelaine couleur ivoire, rempli de roses multicolores. Rouges, jaunes, blanches ou encore violettes, toutes déployaient délicatement leurs pétales et embaumaient la pièce de subtiles senteurs. A droite de la porte se trouvait un secrétaire en marqueterie, sur la tablette duquel s'accumulaient des monceaux de courrier. Sur toute la largeur de deux murs s'étendaient d'immenses bibliothèques dont les étagères abritaient d'innombrables ouvrages. Enfin, dans un foyer surmonté d'un manteau en marbre pétillait un feu accueillant et réconfortant.

La beauté cernait le visiteur de toutes parts.

Malheureusement, dans ce sublime décor, il manquait un figurant.

En l'occurrence, la reine !

Les yeux fixés sur l'homme qui s'avançait vers eux, Jade parvenait difficilement à dissimuler sa déception.

— Bonjour, madame Erickson, déclara celui-ci. Je suis Franklin Vaucour, le patron de…

— L'IRR, compléta-t-elle vivement, je sais, merci.

— Y a-t-il un problème ? s'enquit alors J.T.

Franklin lui jeta un bref coup d'œil avant de se concentrer de nouveau sur Jade.

— Sa Majesté comprend parfaitement pourquoi vous n'étiez pas au rendez-vous, madame Erickson, commença-t-il.

— Appelez-moi Jade, je vous en prie.

— Entendu, Jade. La reine vous propose donc de reporter l'entretien à un autre jour puisqu'elle ne pouvait vous consacrer que dix minutes aujourd'hui, de 10 heures à 10 h 10.

— C'est fort aimable à elle de me proposer un autre rendez-vous et je vous prie de lui présenter toutes mes excuses pour ce retard bien indépendant de ma volonté, répondit Jade. Néanmoins, si l'entretien a été reporté, pourquoi me convoque-t-on dans la salle de réception ?

— Vous allez comprendre, annonça alors Franklin d'un ton mystérieux.

Là-dessus, il se dirigea vers un grand placard en tek, sculpté à la main, et en ouvrit les battants. Un immense écran de télévision plat apparut dans l'encadrement. Se munissant de la télécommande, il mit l'appareil en marche.

Instantanément, le visage de Vincent Battle s'afficha sur l'écran.

Un micro à la main, il s'adressait aux téléspectateurs avec ce fameux regard « sincère » qui était sa marque de fabrique.

« Janine Glass a donc été enlevée ce matin tout près de nos locaux alors que… »

Incapable d'en écouter davantage, Jade poussa un cri et se rapprocha de l'écran. Au même instant, la photo de

Janine apparut dans l'angle gauche tandis que le journaliste poursuivait sa communication.

« A l'heure où je vous parle, la police n'a aucune piste sérieuse concernant la mystérieuse disparition de la jeune femme, qui se trouve être l'assistante de notre chère collaboratrice, Jade Erickson. »

Là-dessus le journaliste marqua un léger temps d'arrêt puis reprit sur le ton de la confidence :

« Il semble important de préciser que Jade a reçu récemment une série de lettres anonymes. Des lettres de menace. Nous ne manquerons pas de vous donner de plus amples informations au fur et à mesure de l'évolution de l'enquête… »

A cet instant, le visage de Vincent disparut et une publicité pour un assouplissant s'y substitua. Franklin éteignit alors la télévision et referma le placard.

— La police aimerait que vous répondiez à quelques questions, déclara Franklin.

— Naturellement, dit-elle, le souffle court.

Janine enlevée ! Entre les mains de ravisseurs pour l'instant inconnus ! Quel choc ! Elle avait un mal fou à accuser la nouvelle. Elle aurait voulu hurler, entreprendre immédiatement des recherches de sa propre initiative…

Au lieu de quoi, elle demeurait immobile, silencieuse, affreusement impuissante.

Blême, elle revit Janine lui emprunter sa veste et sortir lui chercher un cappuccino…

Tellement absorbée par ses propres préoccupations, par l'interview qui l'attendait, elle ne s'était même pas aperçue que Janine tardait à revenir. Qu'elle tardait tellement que, lorsqu'elle-même était partie pour le palais, son assistante n'était toujours pas revenue.

Et dire qu'entre-temps, elle l'avait complètement oubliée !

C'était absolument impardonnable.

— Comment ai-je pu ne pas m'en apercevoir ? murmura-t-elle, atterrée.

— Allons, Jade, tu n'y es pour rien, fit J.T. de sa belle voix veloutée.

Bouleversé par les traits dévastés de Jade et désireux de la rassurer, il posa une main dans son dos.

Alors, tournant son regard vers lui, elle déclara :

— C'est ma faute.

— Ta faute ? Que veux-tu dire ?

— Janine. Elle...

Elle s'interrompit pour reprendre son souffle.

Elle était en proie à une émotion si vive que sa respiration en était toute saccadée, comme si elle venait de courir le marathon.

Enfin, elle poursuivit :

— Ce matin, elle est allée me chercher un cappuccino, à l'extérieur. Comme il faisait frais, elle m'a emprunté ma veste.

— Je vous laisse, annonça alors doucement Franklin. J.T., tu sais où me trouver.

Et sans que ni l'un ni l'autre ne lui accordent la moindre attention, il se glissa discrètement hors de la pièce.

— Pourquoi ai-je été si stupide ? se lamenta Jade.

Se dérobant soudain à la main de J.T., elle se dirigea vers la grande baie vitrée.

Elle plongea alors le regard dans le magnifique jardin aux roses.

Pourtant la beauté tranquille qui s'offrait à ses yeux ne parvenait pas à arrêter la course des pensées qui tournoyaient follement dans son cerveau.

— J'ai complètement oublié le cappuccino, dit-elle comme si elle se parlait à elle-même, incapable de croire à cet oubli.

Elle posa alors le front contre la vitre, puis, au bout de quelques secondes, poursuivit, les yeux dans le vague.

— Après le départ de Janine, tu m'as appelée pour m'annoncer le feu vert de la reine. Dès lors je n'ai plus pensé qu'à l'interview, toute autre chose m'est sortie de la tête.

Elle fit une pause.

Sa gorge était si nouée qu'elle avait du mal à s'exprimer.

— Je me suis hâtée de préparer les questions que je voulais poser à la reine durant l'entretien, continua-t-elle d'une voix blanche. Je voyais les aiguilles de ma montre tourner à une allure folle ! J'étais si pressée que je suis sortie sans prendre le temps de prendre ma veste…

Combien elle le déplorait à cette heure ! Elle aurait immédiatement donné l'alarme ! Qui sait où les ravisseurs se trouvaient, à présent ? Etaient-ils seulement encore sur l'île ?

Dans un ultime effort, elle conclut :

— Si je m'étais moins précipitée, je me serais aperçue que ma veste n'était pas accrochée à la patère et forcément je me serais rappelé la course de Janine. Mon Dieu, comment ai-je pu l'oublier ? C'est impardonnable.

— Calme-toi, Jade, tu n'as rien fait de répréhensible.

A ces mots, elle virevolta sur ses talons et lui fit face.

Son cœur tambourinait violemment dans sa poitrine tandis qu'elle luttait contre un horrible sentiment de panique.

— Bien sûr que si ! J'étais tellement obsédée par mon travail, par ma précieuse carrière, que je n'ai pas remarqué que Janine ne revenait pas. Je n'ai pas un instant pensé à elle.

Subitement, ses yeux se remplirent de larmes…

Ah non, elle n'allait pas se mettre à pleurer sur son sort !

D'un geste impatient, elle se frotta les yeux et poursuivit :

— Une arriviste, voilà ce que je suis. Une arriviste qui en oublie ses propres amies.

— Cesse de te faire des reproches, Jade, lui ordonna-t-il alors. Tout être humain a ses faiblesses. Il était tout à fait légitime que tu sois obnubilée par l'interview. Un entretien avec la reine, ce n'est pas rien.

Se rapprochant d'elle, il la prit doucement par les épaules, puis ajouta :

— Tu ne pouvais absolument pas deviner qu'on allait kidnapper ton assistante.

— C'est vrai, mais elle n'est pas revenue, et ça, j'aurais dû m'en apercevoir.

Baissant les yeux, elle se mordit la lèvre avant de reprendre :

— Elle portait ma veste, je…

A cet instant, elle ouvrit de grands yeux affolés et eut un haut-le-corps.

— Mon Dieu, s'écria-t-elle sur un ton dramatique, c'est une méprise ! On a enlevé Janine par erreur, car on a cru qu'il s'agissait de moi ! Nous nous ressemblons physiquement, on nous prend même parfois pour des sœurs ! Et comme elle portait ma veste…

A l'idée que l'otage eût pu être Jade, le cœur de J.T. se serra douloureusement dans sa poitrine. Bon Dieu, il en serait devenu dingue ! Il l'étreignit plus vivement pour vérifier qu'elle était bien là, avec lui, en sécurité. Comme on se pince pour s'assurer qu'on ne rêve pas.

La voix du journaliste résonna de nouveau à ses oreilles...

« Il semble important de préciser que Jade a reçu récemment une série de lettres anonymes. Des lettres de menace. » Nul doute que Jade avait raison : c'était elle qui était visée ! Janine avait joué de malchance et avait été fort mal inspirée en empruntant la veste de Jade.

Quelle horreur ! pensa-t-il épouvanté.

Pourquoi voulait-on donc enlever Jade ?

— Vas-tu m'expliquer ce qui se passe ? demanda-t-il alors d'un ton presque furieux. Qu'est-ce que c'est que cette histoire de lettres anonymes ? Depuis combien de temps en reçois-tu ?

— Quelques semaines...

Elle exhala un long soupir qui semblait venir du fin fond de l'âme.

— Des semaines ! répéta-t-il, incrédule. Et qu'en pense la police ? Car je présume que tu l'en as avisée, n'est-ce pas ?

— Bien sûr ! répliqua-t-elle, agacée par sa suspicion. Ils m'ont conseillé de ne pas m'inquiéter, me précisant qu'en général, les auteurs de lettres anonymes sont bien trop lâches pour s'approcher de l'objet de... de leur affection. Manifestement, ils se sont trompés.

Il la fixa avec des yeux dévorés d'inquiétude.

Jade était réellement en danger !

Elle avait reçu des lettres de menace.

Un individu innommable avait jeté son dévolu sur elle et seule une veste empruntée avait permis de la sauver.

Un terrible sentiment d'impuissance le submergea, sentiment qu'il avait rarement l'occasion d'éprouver...

La brusque envie le saisit de s'élancer au-dehors et d'aller donner des coups de pied dans les chênes du parc, afin de se calmer. Comment était-ce possible qu'elle ait été en danger durant tout ce temps et qu'il ne se fût aperçu de rien ?

La rage et la frustration se le disputaient dans son cœur.

Trois ans auparavant, il avait promis de l'aimer et de prendre soin d'elle. Et aujourd'hui, alors que, par l'effet de sa volonté à elle, il était officiellement désengagé de cette obligation, une terrible menace pesait sur la tête de Jade.

Nom d'un chien !

Il la protégerait malgré elle.

Dans ses grands yeux verts, il lut soudain de l'inquiétude et de la douleur.

— Je vais retrouver ce salopard ! s'écria-t-il. Je te le jure. Et je peux te garantir qu'il ne t'importunera plus.

— J.T., déclara-t-elle alors, je ne m'inquiète pas pour moi, mais pour Janine. C'est elle qui a été enlevée ! Que pouvons-nous faire ?

— Fais-moi confiance, lui dit-il alors. Nous allons la retrouver.

Puis, l'attirant plus étroitement à lui, il répéta :

— Fais-moi confiance.

Après deux heures passées au commissariat, ils s'engouffrèrent dans un taxi, harassés.

Comme ils prenaient place à l'intérieur, J.T. décréta qu'il n'allait plus la quitter d'une semelle. De son côté, elle ne s'opposa pas à sa décision.

Il indiqua alors au chauffeur l'adresse de Jade, puisqu'ils étaient convenus qu'il la raccompagnerait.

Depuis qu'elle avait appris la nouvelle de l'enlèvement, la peur ne la lâchait plus. Elle était là, chevillée à son estomac, qui la minait à petit feu.

Sa bouche était sèche et ses mains moites en permanence.

Elle voulait se convaincre qu'ils parviendraient à surmonter la crise et que tout finirait bien…

Mais au fond, y croyait-elle ?

Spontanément, ses yeux se brouillèrent et elle tourna la tête vers la portière, pour masquer sa faiblesse.

Par la vitre du taxi, elle observait le flux incessant des voitures et le flot ininterrompu des passants sur les trottoirs…

Le soleil jouait à cache-cache avec de gros nuages noirs et, de temps à autre, l'un d'entre eux crevait et une averse arrosait Penwick.

Janine se trouvait quelque part sur l'île — du moins l'espérait-elle. Elle refusait d'envisager une autre éventualité…

La peur avait formé une boule au creux de son estomac, un nœud qui pesait une tonne à l'intérieur de son corps.

Elle s'adossa contre la banquette en vinyle vert et, alors que le taxi prenait un virage assez brusque, elle fut brusquement plaquée contre J.T.

Immédiatement, il l'enlaça.

Elle ne protesta pas, ne tenta pas de se redresser.

Elle avait un besoin tout à fait neuf de protection, elle se sentait subitement si vulnérable… J.T., si fort et si solide, représentait son unique rempart.

Elle n'avait qu'une envie : fermer les yeux, se blottir contre son épaule et attendre que passe la tempête…

Allons ! Que lui arrivait-il ? se demanda-t-elle. Elle devait se ressaisir au lieu de se laisser aller de la sorte. Depuis quand attendait-elle qu'il la protège ? Elle avait fui loin de lui pour échapper à son amour étouffant ; elle n'allait tout de même pas se jeter de nouveau dans la gueule du loup. Et qui plus est, en toute connaissance de cause !

Pour le coup, il se frotterait les mains.

— A quand remonte exactement le premier envoi de lettre anonyme ? demanda-t-il.

— Un mois, je crois.

— Et la vidéo ? On te l'a envoyée chez toi ?

Elle ferma les paupières...

Tout à l'heure au commissariat, ils avaient visionné la vidéo qu'elle avait remise à la police, quelques jours auparavant.

Elle avait alors observé J.T. à la dérobée...

La colère à l'état pur se peignait sur ses traits. Son visage s'était transformé en un masque de rage.

Manifestement, les policiers avaient remarqué sa réaction puisqu'ils lui avaient plusieurs fois enjoint de ne pas chercher à régler l'affaire par lui-même.

La police s'en occupait, avaient-ils insisté.

— Non, au bureau ! Mais Janine me l'a fait adresser par courrier à la maison.

— Et les lettres, te sont-elles également parvenues au bureau ?

— Pas toutes.

— Tu veux donc dire que certaines sont arrivées directement chez toi ?

— Oui, absolument.

— Par conséquent, ce forcené sait où tu habites.

— C'est évident !

— Dans ces conditions, il est hors de question que tu restes seule chez toi.

— J.T., je...

— Ne proteste pas : je monterai la garde. Fin de la discussion.

Là-dessus, il resserra son étreinte comme s'il craignait que Jade n'ouvre la portière et ne saute du taxi en marche.

Mais tels n'étaient pas ses plans. Elle ne désirait pas plus se retrouver seule qu'il ne voulait l'abandonner. Seule, elle aurait été livrée à ses terribles pensées. Elle aurait atrocement ruminé l'enlèvement de Janine. Se serait demandé où diable elle se serait trouvée en ce moment, si elle était allée elle-même chercher son cappuccino.

Oh, mon Dieu !

— Dois-je quitter mon appartement pour quelque temps et me réfugier à l'hôtel ? lui demanda-t-elle sur une impulsion.

Encore que, dans son immeuble, elle connaissait les voisins et le concierge représentait une présence sécurisante. Elle pouvait toujours l'appeler en cas de problème.

En outre, il filtrait les entrées dans l'immeuble.

— Je vais m'installer chez toi pour quelque temps, lui annonça-t-il alors.

Il plaisantait ou quoi ?

Pour ce soir, c'était entendu, mais après, c'était une autre affaire !

Elle tourna son regard vers lui…

Manifestement, il était des plus sérieux.

Ses yeux sombres l'emprisonnèrent alors avec une intensité telle qu'elle en eut le souffle coupé. Elle se réjouissait qu'il reste avec elle, ce soir. Et, dans le même temps, sa joie se teintait insidieusement de douleur car, en acceptant que J.T. demeure chez elle, elle allait à l'encontre de ses intentions et de ses convictions.

Et pourtant…

Elle rêvait que la force de J.T. l'enrobe et que le monde poursuive sa marche sans eux…

Du moins pour quelque temps !

Hélas ! Si elle acceptait qu'il s'installe, elle ne ferait qu'aggraver une situation déjà fort délicate, suite à « l'incident » qui avait eu lieu dans l'ascenseur.

Elle n'avait pas de futur avec J.T. ; juste un bref passé douloureux. Quant au présent, s'il les avait de nouveau réunis, c'était de manière éphémère.

— J.T., lui dit-elle, ça ne résoudra rien.

— De quoi parles-tu ? Que veux-tu résoudre ? L'énigme de la disparition de Janine ? Ce n'est pas en notre pouvoir.

Il jouait sur les mots et faisait preuve d'une mauvaise foi flagrante. Curieusement, elle lui en savait presque gré.

Il lui murmura à l'oreille :

— Je veux te savoir en sécurité, c'est tout. Et je veux te procurer cette sécurité.

O.K., concéda-t-elle *in petto* en lui adressant un timide sourire. Pour cette nuit, elle acceptait sa présence car elle était réellement à bout de nerfs, à bout de tout.

Elle avait besoin de recouvrer ses esprits et, ensuite, elle aviserait. Elle refusait pour l'instant de penser aux projets de J.T. concernant une installation chez elle. D'ailleurs, elle était trop épuisée pour réfléchir à quoi que ce soit…

Allons, elle ne remettait tout de même pas en cause son intégrité parce qu'elle saisissait la main qu'il lui tendait ! Au nom du passé, ils pouvaient bien s'entraider.

Ne l'aurait-elle pas secouru de la même façon s'il avait été en danger ?

10.

En dépit de la pluie battante — le temps s'était sensiblement détérioré durant le trajet —, les paparazzi les attendaient devant l'immeuble de son appartement.

Lorsque le taxi s'arrêta face à la porte d'entrée, ils l'assaillirent immédiatement.

Les caméras tournaient, le cliquetis des appareils photo se déchaînait et les micros se tendaient désespérément.

Sans mot dire, J.T. sortit une liasse de billets, régla la course au chauffeur puis, saisissant Jade par le bras, descendit avec détermination du taxi.

Une nuée de journalistes les encercla.

— Madame Erickson, est-il vrai que… ?

— Que ressentez-vous au sujet de votre assistante ?

— Connaissez-vous la personne qui vous filait ?

La pluie rebondissait sur les parapluies avant de ruisseler sur les trottoirs. Le tonnerre grondait dans le ciel, recouvrant en partie les questions qui jaillissaient de toutes parts.

Poussés par leur curiosité maladive, les journalistes bravaient les éléments.

— Laissez-nous passer ! ordonna J.T.

— Un commentaire, madame Erickson…

— La population a le droit de savoir…

Le visage renfrogné, J.T. continuait à se frayer un chemin à travers la foule des importuns, serrant scrupuleusement Jade contre lui.

Le concierge leur ouvrit la porte au moment où ils l'atteignaient et ils s'engouffrèrent, soulagés, à l'intérieur.

— Merci beaucoup, Charles, dit Jade en lui adressant un sourire reconnaissant.

— C'est bien naturel, madame Erickson ! répondit ce dernier sur un ton respectueux. Si vous avez besoin de quoi que ce soit, surtout, n'hésitez pas.

J.T. semblait presser de monter.

— J'habite au troisième, précisa Jade en se dirigeant automatiquement vers l'escalier.

Contrant alors son mouvement, il la guida vers l'ascenseur. Puis il appuya tranquillement sur le bouton et, tandis qu'ils attendaient l'appareil, il l'observa à la dérobée.

Jamais il n'avait lu une telle détresse dans ses beaux yeux verts. Son cœur se serra… Sa chère Jade venait de vivre des heures si terribles.

Il regarda par-dessus son épaule en direction de Charles. Quel gardien discret ! pensa-t-il alors. Et quel contraste avec les paparazzi ! Il était retourné derrière le comptoir de la réception et s'absorbait à présent dans la lecture d'un magazine. Derrière la porte vitrée de l'immeuble, les ombres des journalistes se profilaient encore… Mais désormais, Jade et lui étaient à l'abri des caméras et des micros.

— Cela fait deux ans que j'habite ici et je n'ai encore jamais pris l'ascenseur, fit-elle d'un air songeur.

— Je pense qu'après ce qui s'est passé aujourd'hui, les ascenseurs ne te posent plus de problème.

— Bien vu ! répondit-elle, petit sourire triste à l'appui.

Fermant les yeux, elle s'appuya contre lui et poursuivit d'un air fort las :

— Mon Dieu, J.T. ! Qu'allons-nous faire ?

Nous...

Un tout petit mot, mais si précieux !

A cet instant, l'ascenseur arriva et ils pénétrèrent à l'intérieur.

J.T. attira alors Jade à lui et, lui soulevant le menton, déclara :

— Ce que nous allons faire, c'est attendre tranquillement, et en sécurité, que les policiers fassent leur travail.

— Attendre ? répéta-t-elle.

Se dégageant de son étreinte, elle reprit sur un ton agacé :

— Mais c'est la chose la plus difficile à faire ! Se tourner les pouces alors que Janine est aux mains d'un déséquilibré, c'est impossible !

— Cela s'appelle faire preuve de patience.

— La patience, ça n'a jamais été mon fort !

— Effectivement, je me rappelle...

Quelques secondes plus tard, les portes de l'ascenseur se rouvraient. Ils étaient arrivés.

Seigneur ! Que le son de ses pas, derrière elle, était rassurant. Comment avait-elle pu vivre si longtemps sans lui ?

Et surtout, où avait-elle puisé la force de résister à ses pulsions profondes et de ne pas aller le retrouver ?

Fourrageant dans son sac, elle sortit son trousseau de clés et ouvrit rapidement tous les verrous.

Dérisoire protection, pensa-t-elle. Le ravisseur avait finalement choisi de procéder dans la rue, en plein jour, au vu et au su de tout le monde, au lieu de s'introduire nuitamment dans son appartement, comme elle le redoutait.

Ses pensées l'obsédaient. Naissaient à chaque instant dans son esprit au point qu'elle souffrait d'une migraine épouvantable.

Elle ressentait à la fois de l'angoisse, de la culpabilité, de l'inquiétude, de la colère... Comment gérer cet excédent d'émotions ?

Lorsqu'elle entra dans le salon, elle jeta son sac sur le sofa. Il manqua son but, et tout le contenu se répandit sur le sol.

Immobile, elle contempla le spectacle...

Puis, enfouissant subitement son visage dans ses mains, elle laissa libre cours à ses larmes.

Cela faisait une éternité qu'elle n'avait pas pleuré aussi fort. C'était comme si un barrage avait cédé à l'intérieur d'elle-même. Et, maintenant que les vannes étaient ouvertes, elle avait l'impression qu'elle ne pourrait plus jamais arrêter le déluge.

— Je n'arrive pas à y croire, ânonna-t-elle entre deux sanglots.

— Ce n'est pas ta faute, lui répéta J.T. pour la énième fois depuis qu'elle avait appris la nouvelle de l'enlèvement.

— C'est horrible !

— Effectivement. On se sent tellement impuissants ! Je préférerais moi aussi agir, traquer ce dément qui t'envoyait des lettres anonymes.

A cet instant, il la jaugea d'un œil implacable, puis ajouta :

— Voilà où t'a conduite ton ambition.

Cette remarqua déplacée coupa court à ses larmes.

Comment pouvait-il être si impitoyable ?

— S'il te plaît, rétorqua-t-elle, épargne-moi tes reproches. Je doute que le moment soit opportun.

— Tu as raison, pardonne-moi, dit-il promptement. Mais c'a été plus fort que moi.

Passant alors une main sur ses yeux, il tenta d'effacer les visions qui le hantaient. De gommer de son esprit le forcené sans visage qui traquait Jade, la menaçait, l'effrayait…

L'émotion était si violente qu'il ne put s'empêcher d'ajouter :

— Tout de même, avoue que c'est ta fichue ambition qui t'a poussée sous les projecteurs, te livrant à tous les déséquilibrés qui existent sur cette île. Si nous n'avions pas divorcé, tu…

— Assez ! Les détraqués ne s'en prennent pas qu'aux gens connus ! Regarde un peu les informations et tu verras que l'on agresse bien davantage des personnes anonymes que des gens célèbres.

Puis, d'un ton plus dur, elle précisa :

— Même si nous n'avions pas divorcé, cette tragédie aurait pu se produire.

— Peut-être, mais les risques auraient été moindres.

— J'en doute. Il n'empêche que tu l'admets : le risque existe toujours, qui que l'on soit, quoi que l'on fasse. A moins que tu n'aies envisagé de m'enfermer dans un placard pour le restant de mes jours, si nous étions restés ensemble.

— Jamais une telle idée ne m'a traversé l'esprit et tu le sais parfaitement !

— Vraiment ? Pourtant, le fait de refuser que je travaille s'apparentait étrangement à une volonté de ta part de m'enchaîner à la maison !

— Si tu l'as ressenti de cette façon, j'en suis sincèrement désolé, lui dit-il.

Il fit une pause, la fixa intensément, puis poursuivit d'un air contrit :

— Il se peut que j'aie été borné et stupide.

— Waouh ! fit-elle, ironique. Quelle découverte !

— Je ne voulais pas que tu partes, Jade, enchaîna-t-il sans relever la pique. Mon intention n'était pas de te chasser.

— Moi non plus, je ne voulais pas partir.

— Pourtant, c'est ce que tu as fait ! Tu as préféré partir au lieu d'essayer de t'accrocher et de sauver notre couple.

— J.T., je t'en prie ! Devons-nous absolument rediscuter de tout cela ? Il me semble qu'on a déjà fait le tour de la question, on ne va pas épiloguer pendant cent sept ans !

Il la jaugea quelques secondes de sa prunelle de braise avant de répondre :

— Tu as sûrement raison…

— J.T., je me réjouis sincèrement de ta présence ici, aujourd'hui.

— Tu m'en vois heureux ! Et d'ailleurs, il vaut mieux que tu t'en réjouisses car je n'ai pas l'intention d'aller ailleurs.

Etait-ce une menace ?

Jade préféra le prendre comme une promesse. Elle lui était si reconnaissante d'être avec elle en ces moments si difficiles à affronter.

Peu importe ce qui s'était passé entre eux, trois ans plus tôt !

Le seul homme auprès de qui elle se sentait en sécurité, c'était lui, J.T., et en l'occurrence elle avait besoin de sa protection.

Qu'aurait-elle fait sans lui, ces dernières heures ?

Honnêtement, elle ne voulait pas l'envisager !

Depuis que le visage de Janine s'était affiché sur l'écran de télévision, un froid glacial l'avait envahie et ne l'avait plus lâchée.

Ses mains étaient glacées et ce n'était pourtant pas faute d'avoir essayé de les réchauffer. Même J.T. avait tenté de remédier au désagrément en les tenant longuement dans les siennes. En vain !

Janine avait été enlevée à sa place !

C'était cela, l'atroce vérité !

Même les policiers étaient convaincus que l'homme qui la traquait depuis des jours était finalement sorti de sa tanière pour commettre une erreur en se trompant de proie.

Janine devait être si effrayée ! Et elle, la malheureuse, était seule à affronter le cauchemar !

Comme lisant dans ses pensées, J.T. déclara :

— La police a quelques pistes. Des témoins ont vu une camionnette stationnée devant la chaîne.

— Génial ! répondit-elle sur le ton de la dérision. Quand on sait qu'il y a quelques milliers de camionnettes sur l'île, c'est effectivement rassurant !

— Ils la retrouveront, lui assura-t-il.

— Prions pour qu'ils ne la retrouvent pas trop tard, dit-elle alors d'un ton lugubre. A ton avis, comment va réagir cet individu quand il découvrira qu'il s'est trompé de personne ?

— Je l'ignore, mais toi aussi ! Alors cesse d'imaginer le pire !

— Hélas, je ne peux penser à rien d'autre !

A ces mots, elle tourna la tête vers la fenêtre. De nouveau, elle était au bord des larmes.

Alors il se rapprocha d'elle et l'enlaça tendrement par-derrière.

Elle se laissa aller contre lui, comme s'il était le pilier de son univers…

Tout ce qu'elle avait tenu pour juste et légitime dans sa vie, jusque-là, n'existait plus. Sa zone de sécurité avait été détruite et elle ne pourrait plus jamais la retrouver telle qu'elle était auparavant.

Elle s'était abusée elle-même durant ces trois années passées à se convaincre qu'elle n'avait pas besoin de lui.

Qu'elle ne le désirait pas.

Qu'elle ne l'aimait pas…

Insensible aux cris de son cœur, elle avait voulu se persuader que sa carrière lui permettrait de compenser le sentiment de solitude qui s'immisçait insidieusement en elle, la nuit venue.

Dieu sait si elle avait lutté contre cette maudite solitude ! Pour s'apercevoir, hélas ! aujourd'hui, que la bataille était vaine.

Heureusement qu'elle s'était fait un nom en se jetant à corps perdu dans le travail !

Après tous ces renoncements…

Et pourtant, sa renommée locale lui parut subitement bien ridicule aux yeux de tout ce qu'elle avait perdu.

Au fond, elle s'était enfermée dans un univers bien étroit. Elle s'était en quelque sorte choisi une autre prison, en croyant fuir celle qu'elle redoutait que J.T. ne lui impose.

Et puis la réalité, tel un coup de poing fracassant, avait subitement resurgi dans sa vie, la laissant K.O.

Tout à l'heure, la meute des journalistes avides de sensations qui l'attendaient au bas de sa porte lui avait porté le coup de grâce en lui renvoyant une image bien peu flatteuse d'elle-même.

Cette obsession du scoop lui avait brusquement semblé aussi dérisoire qu'indécente. Ils se seraient battus pour obtenir un commentaire de sa part !

Ils se fichaient éperdument qu'elle ait le cœur brisé, qu'elle fût épuisée par tous les scénarios catastrophe qu'elle imaginait en guise d'issue.

Leur conduite constituait une atteinte à son intégrité, un déni de ses besoins et de ses peurs.

Pour eux, elle représentait une histoire.

Un reportage au journal du soir et un article dans les quotidiens du lendemain.

— Oh, J.T. ! murmura-t-elle en se retournant pour lui faire face, toujours lovée entre ses bras. Comment ai-je pu être comme eux ? Comme tous ces journalistes affamés…

— Non, tu n'as jamais été ainsi, lui assura-t-il. Toi, tu as de la tenue et une déontologie.

Elle lui savait gré de sa bienveillance mais ne pouvait le croire. Elle se sentait souillée par ce dont elle venait de prendre conscience.

Percevant ses doutes, il plongea ses yeux dans les siens et de nouveau déclara :

— Tu n'es pas comme eux, Jade. Toi, tu es une journaliste, pas un paparazzi. Tu es une très bonne reporter — même si cela me coûte de l'admettre.

Il s'interrompit et un sourire affectueux barra son visage. Le visage de Jade restait toujours aussi tendu. Aussi ajouta-t-il :

— Toi tu as une âme et un cœur…

— Tu crois ?

Poussant un soupir, elle se libéra de son étreinte et poursuivit :

— Parfois, j'arrive à en douter.

— Moi jamais !

— Allons, J.T. Sois réaliste ! Dernier exemple en date : je t'ai harcelé pendant des jours pour pouvoir entrer au palais.

— Tu faisais ton métier de journaliste, c'est tout.

A ces mots, elle émit un petit rire sec, avant d'être assaillie de nouveau par un gros doute concernant la sincérité de J.T.

— Tu es prêt à tout pour me faire plaisir ! dit-elle. Comment peux-tu me tenir de tels propos, toi qui as déployé des trésors d'énergie pour me tenir à distance du palais ?

— Je faisais mon métier, c'est tout.

— Tout est allé de travers, décréta-t-elle subitement d'une voix sombre. Je ne sais pas de quelle façon ni à quel moment, mais je l'ai perdue en chemin.

— Qu'as-tu donc perdu, Jade ? demanda-t-il, angoissé par ses propos incohérents et son regard vague.

— Ma raison, répondit-elle. Je n'avais forcément plus ma raison pour en arriver là.

— Jade…

— Non, je sais ce que je dis !

Rejetant sa chevelure dans son dos, elle lui adressa un regard farouche et poursuivit :

— Je dois regarder la réalité en face. Si je l'affronte, je pourrai la surmonter et m'en sortir. C'est la seule solution.

Brusquement, elle se mit à faire les cent pas sur le tapis, continuant à murmurer :

— Evidemment, je pourrais tout rejeter sur le dos de mon père. Aujourd'hui, c'est la mode de blâmer ses parents quand on rate sa vie.

— Jade, arrête, maintenant ! C'est ridicule.

— Tu l'as connu, tu sais très bien la différence qu'il faisait entre mes frères et moi ! Aussi ai-je voulu lui démontrer que j'étais tout aussi capable qu'eux de réussir.

Elle émit un rire dérisoire qui le laissa transi.

Il était vrai qu'il avait assisté aux scènes de séduction de la part de Jade envers son père. Mais le vieil homme demeurait de marbre, quoi que fît sa fille. Il était manifeste qu'il ne serait jamais le genre de père qu'elle souhaitait qu'il fût.

Non parce qu'il ne l'aimait pas, mais parce qu'il ne pouvait pas la comprendre !

A un match de rugby ou bien avec ses amis, au pub, il était dans son élément. Mais discuter avec sa fille, c'était au-dessus de ses forces. Cela appartenait à un registre qui n'était pas le sien.

— Au fond, poursuivit-elle les yeux brillants, je n'agissais pas tant en son nom que pour servir mes intérêts.

Soudain, elle cessa son va-et-vient dans la pièce et lui adressa un regard dans lequel perçaient à la fois la culpabilité et le remords.

— Je voulais me prouver à moi-même que j'étais capable d'arriver au sommet. Et lorsque je suis tombée amoureuse de toi, j'ai eu peur de cet amour. Une peur panique qu'il n'entrave le chemin que je m'étais tracé.

— Je sais…

Sa voix tremblait presque.

Un élan de sa colère d'antan venait de jaillir en lui. Dans un suprême effort, il parvint à se contenir.

Allons ! Jade était suffisamment déchirée ainsi, il se devait de la consoler.

Il fit un pas dans sa direction. Aussitôt elle recula, désireuse de conserver la distance qui les séparait.

— Je t'aimais, J.T. Comme jamais je n'ai aimé personne. *Mais tu m'effrayais aussi comme personne.*

— J'ignorais posséder un tel pouvoir !

Eh bien, pensa-t-il alors, pour quelqu'un qui refusait de reparler du passé, c'était gagné !

— Tu voulais que je sois ce que je ne sais pas être. Comment être une mère ? Je l'ignore.

Elle poussa un soupir d'impuissance et continua :

— Quant à être une épouse… Je n'ai pas conservé beaucoup de souvenirs de ma mère, mais je me rappelle qu'elle tressaillait toujours quand son mari arrivait et qu'elle le servait comme un seigneur. Elle se pliait à toutes ses volontés afin d'éviter les disputes, et d'après ce que je sais, elle n'avait pas de vie personnelle en dehors de lui, pas d'amies, rien.

Bon sang ! se dit J.T. Il était évident qu'il ne l'avait pas comprise.

Entre eux deux, il n'y avait eu qu'une succession de malentendus qui les avait menés au désastre.

Il était normal qu'elle l'ait quitté puisqu'elle voyait en lui la figure de son père. De fait, il avait apporté de l'eau à son moulin en se conduisant en véritable machiste… sous le couvert de l'amour qu'il lui portait !

J.T. avait médité pendant trois ans sur ses erreurs passées et les regrettait sincèrement.

Et elle, de son côté, déplorait-elle ce qu'ils avaient perdu ? Ou ce qu'ils auraient pu construire ?

— J'ai eu peur alors j'ai préféré fuir. Te fuir, nous fuir…, conclut-elle les yeux perdus dans le vague.

— J'ai commis moi aussi beaucoup d'erreurs, admit-il doucement. Allons, tout cela appartient au passé, Jade.

— Peut-être, mais la vie nous a de nouveau mis en présence. Et je ne sais plus quoi faire…

A ces mots, il sentit son cœur flancher.

Il fit un pas vers elle ; cette fois, elle ne recula pas. Alors, intérieurement, il savoura cette petite victoire.

— Je doute que ce soit le bon moment pour y réfléchir, lui dit-il.

Ce fut alors qu'un violent tremblement s'empara du corps de Jade qui s'écria d'une voix désespérée :

— Oh, J.T. ! Je suis si fatiguée d'être seule. Je…

Cette fois, il franchit la distance qui les séparait et la prit fougueusement dans ses bras. Leurs cœurs battaient tous deux éperdument, à la même cadence folle.

Il ne supportait pas de voir cette merveilleuse femme, si forte d'ordinaire, se torturer de la sorte. Les larmes qui noyaient ses yeux le rendaient fou.

— Tu n'es pas seul, trésor. Plus maintenant.

Redressant les épaules, elle prit son visage entre ses mains et l'attira.

— Ne me quitte pas, J.T. Reste avec moi.

Elle n'aurait pas pu prononcer de plus douces paroles.

Unissant ses lèvres aux siennes, il lui donna un sublime baiser, déversant en elle tout l'amour qu'il lui portait, s'affranchissant en même temps de ses peurs et de ses inquiétudes.

Lorsque leurs bouches se détachèrent, une paix intérieure l'habitait en dépit des circonstances.

— Allons au lit, lui dit-il alors. Où est la chambre ?

— Ici, dit-elle en désignant du doigt sa chambre à coucher.

Se penchant pour la prendre dans ses bras, il la transporta alors dans son lit.

Il l'y déposa en douceur, puis entreprit de la déshabiller.

Une fois qu'elle fut nue, il vint se lover contre sa chair douce et chaude. Il la caressa tendrement et, immédiatement, une bouffée de désir lui monta des reins.

Il lut alors dans les yeux de Jade le même feu désespéré que celui qui le consumait…

Sans attendre, il captura sa bouche et, tandis que sa langue jouait sensuellement avec la sienne, ses doigts faisaient éclore de sublimes accords sur son corps.

Désir, amour et douleur, tout se mêlait et l'air vibrait d'une étrange mélodie autour d'eux.

La pluie battait contre les carreaux, accompagnant de son martèlement la lutte amoureuse de leurs corps enchevêtrés. Enroulés dans les draps, brûlant l'un pour l'autre, ils se retrouvaient de nouveau.

Demain ou après-demain, les choses seraient peut-être différentes. Mais pour l'instant, autant profiter du présent, pensa J.T. en plongeant en elle. C'était tout ce qui importait.

Elle se cambra contre lui, murmura son nom…

Ses mains palpèrent son dos, ses ongles s'enfoncèrent dans sa chair…

Il éprouva alors la sublime sensation qu'elle ne lui donnait pas uniquement son corps, mais également son âme. Elle se livrait tout entière.

Il continuait à chalouper sur elle, grisé par l'idée de partir encore une fois avec Jade vers les rivages de l'extase.

Il venait de retrouver le chemin de son paradis perdu.

Saurait-il cette fois s'en souvenir ? la garder ?

11.

Le lendemain, Jade s'installait dans l'appartement de fonction de J.T., c'est-à-dire dans les dépendances du palais.

D'un commun accord, ils avaient jugé plus raisonnable de procéder de cette façon jusqu'à ce que la police ait résolu l'affaire.

J.T. refusait de la laisser seule et ne pouvait guère demander un congé spécial dans le dessein d'exercer auprès de son ex-femme la fonction de garde du corps.

De son côté, l'idée de se retrouver seule — ou plus exactement loin de la présence rassurante de J.T. — angoissait Jade au plus haut point.

Aussi avait-elle accepté de quitter provisoirement son appartement.

Tandis qu'elle faisait la sieste dans la chambre, J.T. s'allongea sur le divan et, muni de la télécommande, alluma la télévision. Il régla le son au minimum afin de ne pas déranger Jade.

Son appartement n'était pas spacieux !

En tant que célibataire, il ne pouvait prétendre à plus grand. S'ils étaient restés mariés, Jade et lui, il aurait disposé d'un appartement plus vaste, ainsi que les autres officiers avec femme et enfants.

Mais la vie en avait décidé autrement…

Sur Pen-T.V., Vincent Battle faisait un reportage en direct des grilles du palais.

— La police nous a livré peu d'informations au sujet de l'enlèvement de Janine Glass, l'assistante de notre collaboratrice Jade Erickson, affirmait-il à l'instant où son image s'afficha sur l'écran. Cette dernière s'est, pour sa part, refusée à tout commentaire sur l'affaire, mais Pen-T.V. a découvert qu'elle avait trouvé refuge chez Jeremy Wainwright, un éminent membre de l'IRR.

A cet instant, le journaliste fit une pause, pour que le public apprécie la portée de la nouvelle, puis, désignant derrière lui les grilles fermées du palais, il ajouta sur un ton conspirateur :

— Cela signifierait-il que le palais détient des informations relatives à l'enlèvement de Janine Glass ? Affaire à suivre dans notre prochain flash spécial.

— Mon Dieu !

C'était la voix de Jade.

J.T. éteignit immédiatement la télévision et se tourna vers elle.

— Je croyais que tu dormais, dit-il.

— Je n'arrive pas à dormir, répondit-elle en se frottant les bras pour se réchauffer. Ce Vincent Battle est tout de même incroyable ! A l'entendre, on croirait qu'il s'agit d'une conspiration nationale.

— Bah, c'est un journaliste !

— Décidément, tu ne portes pas la profession dans ton cœur, constata-t-elle d'un air désolé.

— Un mal nécessaire, je présume.

— Comme les impôts, en somme ?

Il lui adressa un petit sourire, mais Jade ne renchérit pas.

Elle ne se sentait absolument pas d'humeur à polémiquer. Et d'ailleurs, avait-elle seulement envie de défendre sa profession ?

Incapable de rester tranquille, bien trop tourmentée, elle commença à arpenter nerveusement le salon. Avant de s'arrêter brusquement devant la fenêtre et de tracer, du bout des doigts, des sillons sur la vitre embuée, les yeux perdus.

J.T. l'observait.

Il avait si souvent tenté de l'imaginer entre ces quatre murs. Et voilà que le destin l'y avait conduite !

Comme la présence de Jade chez lui était étrange !

D'autant plus étrange que, dans son deux pièces, il ne recevait pratiquement personne. Le soir après le travail, il regagnait ses pénates et s'endormait seul.

Il menait presque une vie de reclus. Les quelques amis qu'il fréquentait encore, il les rencontrait à l'extérieur et de plus en plus rarement. Quant à sa famille, elle se réduisait à son oncle Mike.

Bon sang ! Ce n'était pas la vie dont il avait rêvé. Il n'avait rien d'un loup solitaire.

Non, la vie dont il avait rêvé incluait forcément Jade.

Sa présence ici, aujourd'hui, suscitait en lui des pensées douloureuses car elle lui laissait entrevoir ce qu'aurait pu être la vie, à deux…

— Tu veux boire quelque chose ? demanda-t-il en se levant brusquement.

Elle tressaillit.

Décidément, elle avait les nerfs à fleur de peau !

Lentement, elle pivota sur ses pieds et le fixa quelques instants avant de répondre :

— Pourquoi pas ?

Comme il se dirigeait vers la cuisine, elle lui emboîta le pas.

Si seulement elle avait pu toujours le suivre ainsi ! pensa-t-il, heureux de la sentir tout près de lui. Et pourtant il devait cesser de se faire des illusions car dès que la crise serait passée, Jade retournerait dans son monde.

Et le laisserait seul…

Ouvrant le réfrigérateur, il en sortit deux bouteilles de Coca et, après les avoir décapsulées, lui en tendit une.

— Merci, dit-elle.

Elle avala alors une gorgée et tint la bouteille longuement entre ses mains, observant l'étiquette comme si elle contenait les secrets de l'univers.

Nul doute qu'elle voulait lui confier quelque chose mais qu'elle n'y parvenait pas ! pensa-t-il.

Elle était ainsi, Jade. Prompte à vous lancer vos quatre vérités au visage, mais quand il s'agissait de ce qu'elle ressentait profondément, elle avait besoin de temps.

Il n'allait pas la brusquer.

Il lui laisserait tout le temps qu'elle voulait.

Patiemment, il avala plusieurs gorgées de Coca.

Soudain, le regard toujours fixé sur la bouteille, elle se lança.

— Tu sais, je n'ai jamais réellement pensé aux sentiments que pouvait éprouver la personne qui se trouvait de l'autre côté des micros.

Il sourcilla, surpris, tandis qu'elle enchaînait :

— Désormais, je sais ce que c'est que d'être cerné par des dizaines de microphones. D'avoir des caméras pointées sur vous, d'être soumis à un feu roulant de questions qui vous donne envie de hurler ou de vous mettre à pleurer.

Toujours méditative, elle se laissa tomber sur l'une des chaises de la cuisine. Elle poussa alors un long soupir avant de demander, accablée :

— Qu'est-ce qui va se passer si la police n'attrape pas le ravisseur ? Et si on ne retrouve jamais Janine ?

Elle semblait porter la misère du monde sur ses épaules. Elle lui parut si frêle, si vulnérable…

— Penwick est une petite île, trésor. On va la retrouver, je te le jure.

— Vivante ? Indemne ?

Plaçant alors son visage entre ses mains, elle poursuivit :

— De toute façon, le monde continuera de tourner et seule la famille de Janine et moi seront affectées par cette histoire. Pour les autres, il s'agit juste d'un scoop. La semaine prochaine, personne n'y pensera plus. On recherchera alors une nouvelle histoire, et rien n'aura changé.

Elle, en tout cas, elle avait changé.

C'était comme si son âme avait subi une métamorphose.

Elle avait travaillé âprement pour arriver là où elle était aujourd'hui. Et subitement, ses efforts lui paraissaient inutiles.

Que possédait-elle, au fond, de si important ?

Quel but avait-elle atteint ?

Aucun. Rien du tout !

Comble de l'ironie, les rôles venaient même de s'inverser. Elle n'était plus la brillante journaliste de Pen-T.V., mais la proie !

Un détraqué la poursuivait. Son assistante avait été enlevée. Et elle ne pouvait plus rester seule dans son appartement car elle y était en danger.

Qui plus est, ses collègues journalistes la traquaient.

Quel sens tout cela avait-il donc ?

Sa carrière lui semblait à chaque seconde perdre de l'importance à ses propres yeux. Et pourtant, c'était à cause de ce fichu métier qu'elle avait perdu J.T. !

Le retrouver, faire l'amour avec lui avait contribué à lui montrer tout ce qu'elle avait perdu en le quittant.

Et elle n'était pas certaine qu'elle allait de nouveau pouvoir sortir de sa vie...

Les jours qui suivirent, Jade resta dans sa prison dorée. Comme lieu de captivité, il y avait pire que l'enceinte du palais ! Et puis, au côté de J.T., peu importait l'endroit où elle se trouvait.

Quant à lui, tant que la police n'avait pas mis la main sur le ravisseur, il ne tolérerait pas qu'elle s'éloigne de lui. Et le palais était le seul endroit de l'île où elle fût entièrement en sécurité.

Personne ne viendrait l'enlever ici !

Revivre avec elle avait relégué aux oubliettes les trois longues années de solitude qu'il venait d'endurer. Le bonheur des débuts avait rejailli d'un coup.

Comme il était bon de se réveiller la nuit, de tendre la main et de sentir son corps chaud et tendre à côté de lui !

Alors, sans la réveiller, il se lovait contre elle et, apaisé, se rendormait.

En outre, il ne perdait jamais une occasion de lui faire l'amour, et elle se donnait à lui avec une passion toujours renouvelée.

Pourtant, des éclairs de lucidité le traversaient parfois, et alors il se traitait de fou.

A quoi tout cela allait-il les mener ?

Il n'abusait que lui-même...

Il savait pertinemment que cette trêve était temporaire. Dès que l'histoire serait réglée, Jade repartirait pour d'autres horizons comme elle l'avait fait trois ans auparavant.

Dans une situation de crise, on se serrait les coudes, on s'autorisait certaines entorses à ses propres principes. On savait qu'il s'agissait d'un état exceptionnel.

Une fois la crise passée, le quotidien reprendrait ses droits et ils se sépareraient de nouveau.

Son cœur se tordait de douleur à l'idée que, bientôt, elle ne serait plus là et que son appartement ressemblerait à un sanctuaire sans vie, hanté de souvenirs.

Pourtant, n'était-il pas préférable qu'elle reparte sans s'attarder ?

Plus elle resterait, et plus il aurait de difficulté à se remettre de son départ. A survivre au vide vertigineux qui lui succéderait.

Depuis l'enlèvement de Janine, elle était tourmentée par la culpabilité et la douleur. Mais lorsque l'on retrouverait son amie et que tout rentrerait dans l'ordre, que se passerait-il ?

Chassez le naturel, il revient au galop !

Jade s'élancerait hors de ces quatre murs et reprendrait son indépendance.

— Aucune nouvelle information de la part de la police ? demanda Franklin Vaucour dans son dos.

J.T était en train d'observer d'un œil las la masse de journalistes qui campait au pied du palais.

— Rien, répondit-il, mais ils prétendent qu'ils explorent les pistes qu'ils possèdent. Cela fait trois jours qu'il n'y a pas de nouveau.

— Et les vautours nous encerclent toujours, constata Franklin.

J.T. approuva.

A l'instant même, un journaliste tâchait d'interviewer un jeune garde à travers les grilles. Il n'avait nul besoin de voir le visage de ce dernier pour savoir qu'il ne lui accordait même pas un regard.

— Cette histoire présente tout de même un avantage, commença Franklin.

— Pardon ? fit J.T. en se tournant vers lui.

— Comme tous les journalistes de ce pays se focalisent sur l'otage et ton ex-femme, personne ne s'enquiert plus de la santé du roi.

Euh… Voilà qui n'était pas tout à fait vrai !

En ce moment, une journaliste obtenait précisément le fameux entretien pour lequel elle s'était battue avec acharnement.

Aussi répondit-il :

— *Presque* personne.

Assise dans un fauteuil Louis XVI, Jade faisait de son mieux pour dissimuler sa nervosité.

Curieux !

Avant l'enlèvement de Janine, cette interview l'obsédait.

Et maintenant qu'elle l'obtenait enfin, elle ne ressentait aucune griserie, uniquement de l'appréhension. En aucun cas, cela ne lui paraissait un événement d'importance capitale.

La pensée de Janine ne la lâchait pas, aussi ne parvenait-elle pas à s'intéresser à autre chose.

Incapable de rester en place en attendant Sa Majesté, elle bondit sur ses pieds pour s'absorber dans la contemplation de la roseraie.

La senteur qui s'élevait du bouquet posé sur la petite table ronde était si forte, qu'elle semblait saturer l'air. Nul doute qu'on le renouvelait chaque jour !

Jade en éprouvait presque de la difficulté à respirer. Si seulement elle avait pu ouvrir la fenêtre. Mais à cet effet, elle aurait certainement dû appeler un garde. Tout était tellement protocolaire, ici !

Aujourd'hui, rien n'était plus comme avant, c'est-à-dire comme le jour où elle avait mis les pieds dans cette pièce pour la première fois, croyant y rencontrer la reine et réaliser enfin son interview !

Soudain, elle sursauta.

Elle venait d'entendre du bruit dans la pièce voisine. Tendant instinctivement l'oreille, elle reconnut la voix de la reine.

Cette dernière affirmait sur un ton vif :

— Je vous assure que j'ai vérifié moi-même les faits ! Mon frère est impliqué dans le dossier des Chevaliers Noirs, de leur projet d'enlèvement du roi.

Le cœur de Jade s'accéléra…

Allait-elle percer un mystère ?

Hélas, la reine baissa la voix de sorte que Jade n'entendit pas la suite de ses propos ! Elle ne perçut pas davantage la réponse que lui fit son interlocuteur dont elle ignorait l'identité.

Le silence tomba de nouveau dans la salle de réception et Jade en profita pour regagner son fauteuil.

Son esprit vibrait de la conversation qu'elle venait de surprendre.

Le roi avait-il été victime d'un complot ?

L'avait-on kidnappé ?

Sa prétendue maladie n'aurait donc été qu'un stratagème pour détourner l'attention des journalistes et ne pas inquiéter la population de Penwick !

Seigneur ! Comment était-elle censée réagir, à présent qu'elle avait découvert le pot aux roses ?

Néanmoins, avant qu'elle n'ait décidé de la position à adopter, la reine fit son entrée dans la salle de réception.

Immédiatement, Jade se leva, arbora un sourire respectueux et s'inclina légèrement.

— Votre Majesté, dit-elle ainsi que J.T. le lui avait recommandé lors du briefing, avant la fameuse panne d'ascenseur.

— Bonjour, madame Erickson, dit la souveraine en s'approchant de la journaliste, une main tendue vers elle. Je suis enchantée que nous puissions enfin nous rencontrer.

Puis, jetant un rapide coup d'œil vers sa montre en or, elle ajouta :

— Je suis sincèrement navrée de ne pouvoir vous accorder plus de cinq minutes. Des problèmes urgents m'appellent par ailleurs.

— Je comprends parfaitement, fit Jade tout en souhaitant que la reine fût plus explicite concernant ces « problèmes urgents ». Et je vous suis fort obligée de m'accorder un peu de votre précieux temps.

Comme elle déplorait l'absence de son cameraman ! Une paire d'yeux supplémentaire aurait été fort utile. Renouant d'instinct avec son ton professionnel, elle enchaîna :

— Votre Majesté, Vous n'êtes pas sans savoir que les gens de Penwick se font beaucoup de souci au sujet de la santé du roi.

La reine affirma :

— Le roi est entre d'excellentes mains et les pronostics des médecins sont tout à fait encourageants. Croyez-moi, son état n'est nullement préoccupant.

Vraiment ? Dans ces conditions, pourquoi une lueur d'inquiétude brillait-elle dans les yeux de la souveraine en dépit des louables efforts qu'elle produisait pour donner le change ?

— Pouvez-vous m'expliquer pourquoi vous n'avez pas tenu à vous exprimer plus tôt sur son état de santé ? demanda alors Jade.

— Vous comprenez aisément que, le roi malade, le palais avait d'autres priorités que de s'adresser aux journalistes.

Evidemment, le raisonnement était cohérent !

Et pourtant, Jade était de plus en plus persuadée que la situation n'était pas aussi simple que la lui présentait la reine.

Manifestement, elle était tendue. Elle veillait à bien choisir ses termes.

Quant à Jade, tous ses instincts lui criaient de demander des comptes à la reine au sujet de la conversation qu'elle avait surprise bien malgré elle.

Malgré tout, elle hésitait...

Etait-il légitime d'utiliser des informations qu'elle n'était pas censée posséder ?

Bien sûr que non !

Et pourtant... N'était-ce pas de cette façon que procédaient en règle générale les journalistes ? N'exploitaient-ils pas constamment des informations qu'ils avaient fini par obtenir à force de ruse et de ténacité ?

Ou bien, comme elle, par hasard, parce qu'ils se trouvaient au bon endroit au bon moment !

Non, décida-t-elle brusquement, elle ne s'humilierait plus à l'utilisation de tels procédés. C'était désormais ce qui la distinguait du reste de la profession.

Il n'était pas dans sa nature de se comporter comme un vautour. Et elle refusait de développer cette fibre en elle.

Quelques minutes plus tard, Jade quittait la salle de réception, un carnet griffonné de notes et le cœur débordant de confusion.

Finalement, elle l'avait obtenue, son interview !

Pourtant, elle n'éprouvait aucun sentiment de triomphe.

C'était tout de même l'événement vers lequel elle tendait pour asseoir sa carrière ! Elle aurait dû avoir l'impression de remporter une victoire !

Mais non, rien...

Il lui restait juste l'arrière-goût d'une poignée de questions non formulées.

Elle regrettait presque d'avoir surpris cette conversation qui, en d'autres temps, aurait constitué à ses yeux un véritable scoop.

Le propre frère de la reine impliqué dans un complot contre le roi ?

On nageait en plein romanesque ! C'était une histoire digne du XVIIIe siècle !

Les journalistes qui assiégeaient le palais auraient vendu leur propre mère pour détenir une information aussi explosive.

Quant à Jade, elle était de plus en plus perplexe...

Ses instincts de journaliste lui dictaient de trouver un moyen d'exploiter le filon. De dénicher un ordinateur dans le palais et d'effectuer des recherches sur Internet concernant le frère de la reine, les Chevaliers Noirs ou tout autre élément ayant trait de près ou de loin à cette incroyable histoire.

Tout en regagnant le rez-de-chaussée — cette fois, par l'immense escalier de marbre —, Jade laissa errer son regard sur les portraits accrochés aux murs.

Des dizaines de souverains la fixaient du haut de leur piédestal et tentaient de l'intimider... Et le plus fort, c'est qu'ils y parvenaient ! dut-elle admettre avec agacement.

« Bon, reprenons les choses calmement ! » s'enjoignit-elle.

Elle venait de surprendre une conversation privée d'une importance capitale. Cela lui donnait-il le droit d'exposer sur la place publique une histoire de famille des plus délicates ?

Ses escarpins résonnaient sur le marbre tandis qu'inconsciemment ses pensées lui faisaient ralentir le pas...

A l'intérieur de ces murs vieux de plusieurs siècles vivaient des souverains qui tentaient de demeurer une famille unie, en dépit des pressions que le pays exerçait sur eux pour percer tous leurs petits secrets.

Les joies et les malheurs que traversait la famille royale étaient immédiatement décrits avec moult détails dans les journaux. Les caméras étaient toujours à l'affût du moindre faux pas. Et les paparazzi tentaient constamment de débusquer, image à l'appui, les jalousies et haines possibles.

Pourtant, cette famille royale aussi avait le droit à l'intimité.

A présent, Jade comprenait mieux les propos de J.T.

Arrivée sur le palier, Jade s'arrêta un instant, percevant à travers le vitrage de la porte d'entrée l'ombre des journalistes, au-delà des grilles.

Si elle s'aventurait au-dehors, elle déclencherait une véritable hystérie de questions et de flashes...

Rageuse, elle tourna les talons au camp qui autrefois était le sien et se dirigea vers l'aile arrière du palais, pour regagner l'appartement de J.T.

L'un des gardes s'inclina respectueusement à son passage.

Ciel, comment faisaient ces hommes pour demeurer immobiles des heures durant et rester impassibles alors qu'ils avaient peut-être envie de pleurer ?

Non, décida-t-elle, elle ne pouvait décemment pas renchérir sur le malheur des souverains au moment précis où ils traversaient des temps mouvementés !

Comme elle franchissait le seuil de la porte de derrière pour se diriger vers les dépendances, un vent froid rejeta sa chevelure dans son dos et la fit frissonner.

Les feuilles d'automne tourbillonnaient et dansaient devant elle, lui ouvrant la voie qui menait au foyer chaud et réconfortant de J.T.

Aujourd'hui, il avait allumé un feu dans le salon.

Elle se planta devant, et tout en se frottant les mains, savoura le bienfait que lui procuraient les hautes flammes orangées qui crépitaient dans l'âtre.

Puis, s'appuyant sur le rebord de la cheminée, elle fixa son reflet dans le miroir, juste au-dessus.

Ses joues étaient rosies par le froid, ses cheveux en désordre. Quant à ses yeux, ils traduisaient une profonde confusion. A voix haute, elle interpella son image.

— Il y a une semaine, dit-elle, tu n'aurais pas hésité une seconde et tu aurais immédiatement appelé Pen-T.V. pour livrer ton information brûlante.

Et même si elle avait honte de l'avouer, telle était pourtant la vérité.

Aujourd'hui, cependant, les choses avaient changé.

Elle n'était plus uniquement journaliste, mais se sentait davantage sujette de Sa Majesté et de Penwick. Et ne souhaitait nullement faire un reportage susceptible de mettre en danger la vie du roi.

En outre, elle devait désormais prendre une autre personne en compte : J.T. !

Il était au service du souverain.

Il l'avait conduite ici pour la protéger, pour s'occuper d'elle.

Il lui faisait confiance !

Elle n'avait pas le droit de le trahir en divulguant une conversation qu'elle avait surprise dans un endroit qui lui accordait précisément l'hospitalité.

Soudain, la porte d'entrée s'ouvrit et J.T. pénétra dans l'appartement, comme si les pensées de Jade avaient eu le pouvoir de le faire apparaître dans la pièce.

Elle se tourna vers lui et un sourire naquit spontanément sur les lèvres du beau Jeremy.

— Alors, tu as enfin eu ton interview ! lança-t-il, la prunelle brillante.

— Oui, répondit-elle, laconique.

Cette interview était si fade auprès de ce qu'elle avait appris juste avant !

Il la regarda, intrigué.

— Et c'est tout l'effet que cela te fait ? Moi qui croyais que tu allais sauter de joie. Tu attendais cette entrevue depuis si longtemps.

— C'est vrai...

Passant une main dans ses cheveux, elle hésita...

Devait-elle lui confier les propos qu'elle avait surpris ?

Assurément !

Mais de quelle façon ? De but en blanc ?

Et comment allait-il réagir ? Lui tiendrait-il rigueur de son indiscrétion ? Allons, il ne pouvait tout de même lui reprocher de pas s'être bouché les oreilles !

— Tu as obtenu toutes les informations désirées ?

— Effectivement, on peut formuler les choses de cette façon.

Mon Dieu, qu'il était difficile de lui rapporter la conversation de la reine !

A bien y réfléchir, n'était-il pas préférable de se taire ?

Impossible ! Car c'était précisément cette absence de communication qui avait brisé leur couple, trois ans auparavant.

N'avait-elle donc rien appris ?

— Que se passe-t-il, Jade ? Pourquoi es-tu si silencieuse ?

Alors qu'elle s'apprêtait à enfin lui révéler ce qu'elle avait incidemment appris, le téléphone se mit à sonner.

Devait-elle se réjouir de l'interruption ou la déplorer ?

J.T. se dirigea vers l'appareil et décrocha.

— Allô ?

Par discrétion, elle changea de pièce, en proie à ses terribles atermoiements.

Allons, dès qu'il aurait raccroché, elle se lancerait ! Ce fut la promesse qu'elle se fit en silence.

Deux minutes plus tard, il raccrochait et elle revint vers lui.

— C'était la police, annonça-t-il.

La police ?

Mon Dieu !

Quelle sorte de personne était-elle donc pour avoir oublié, même pendant quelques minutes, qu'une femme avait été kidnappée à sa place ?

Le cœur battant à se rompre, elle demanda :

— Des nouvelles de Janine ?

— On l'a retrouvée, annonça alors J.T. un grand sourire aux lèvres.

A ces mots, elle posa sa main sur son cœur ! Jamais une nouvelle ne l'avait réjouie à ce point. Quel soulagement ! Elle passait d'une nuit profonde à une journée inondée de soleil.

— De quelle façon ? s'enquit-elle, les yeux brillants d'émotion.

— Son ravisseur l'a relâchée il y a deux heures environ, lui apprit-il. Apparemment, elle a su l'en convaincre. Et comme, durant tout le temps de son enlèvement, il lui avait bandé les yeux, il ne risquait pas grand-chose à la libérer, si ce n'est se débarrasser d'une importune.

Jade ne put s'empêcher de rire.

— Ça, c'est du Janine tout craché !

— En réalité, elle est parvenue à retirer son bandeau quelques secondes, à l'insu de son ravisseur, et à identifier l'endroit où elle se trouvait. La police vient juste d'arrêter le criminel, l'informa-t-il alors dans un grand sourire.

Se rapprochant d'elle, il la serra contre lui et poursuivit :

— C'est fini, Jade, tout est rentré dans l'ordre. Tu ne crains plus rien.

Elle n'avait plus besoin d'être protégée, de se cacher dans le palais.

— Je présume, ajouta-t-il la gorge serrée, que tu vas rentrer à la maison.

La maison ?

Le problème, c'est qu'elle ne savait plus exactement où se trouvait son foyer.

12.

Si J.T. était soulagé que Janine ait été libérée sans dommage et, surtout, que Jade ne fût plus en danger, il n'en sentit pas moins sa poitrine se serrer.

Et pour cause !

Maintenant qu'aucune menace ne pesait plus sur elle, Jade allait partir pour regagner le monde qui était le sien — en l'occurrence, un univers dont il était exclu.

L'heure tant redoutée de prendre de nouveau congé de Jade était venue et il craignait que les adieux fussent cette fois définitifs...

Trois ans auparavant, lorsqu'elle était partie, certes son amour-propre avait été sérieusement égratigné, mais il avait fini par se convaincre que les choses étaient mieux ainsi. Que leur mariage avait été une erreur car ils étaient en désaccord sur trop de sujets. N'avaient pas la même vision de la vie à deux.

Bref, il avait tenté d'oblitérer sa douleur en se persuadant que Jade n'était pas la femme de sa vie et que, par conséquent, il ne devait concevoir aucun regret.

Bientôt, voulait-il croire, il trouverait la femme idéale.

Balivernes !

Force lui avait été de constater que sa raison voulait endormir son cœur alors que celui-ci n'avait pas cessé de battre pour Jade, désormais son ex-épouse.

La vérité était terrible à reconnaître, et pourtant ! La femme de sa vie, c'était elle, celle qui l'avait quitté et qu'il avait laissée partir.

Fort de cette révélation, il avait pris la résolution de ne pas chercher une seconde chance auprès d'une autre compagne qui de toute façon n'aurait jamais pu égaler Jade. Il préférait encore la solitude.

Et voilà que le retour impromptu de cette dernière dans sa vie avait complètement changé la donne.

Alors qu'il se sentait assez fort quelques semaines auparavant pour demeurer célibataire le reste de sa vie, cette perspective lui paraissait désormais atroce.

Mais que faire ?

Il ne pouvait tout de même pas attacher Jade et la retenir de force !

Impuissant, il fourra les mains dans ses poches.

— Ecoute, Jade..., commença-t-il.

— J.T., il faut que je te dise..., lui dit-elle alors au même instant.

La confusion et l'angoisse habitaient le regard de Jade.

Hum, hum, il devinait ce qu'elle allait lui dire...

Soudain, une colère froide monta en lui : non, décida-t-il, cette fois, il ne la laisserait pas partir sans se battre pour la retenir.

— Il n'est pas question que l'on se dise au revoir, déclara-t-il tout à trac.

A ces mots, elle lui lança un regard surpris.

— Pardon ?

— Tu m'as parfaitement bien entendu. Nous n'allons pas répéter le même scénario qu'il y a trois ans, je préfère te prévenir.

— Tu te méprends, lui dit-elle alors. Je ne voulais pas t'annoncer que je partais.

Elle lui accordait donc un petit sursis, pensa-t-il.

Parfait !

Il l'acceptait, sachant pertinemment qu'elle reculait pour mieux sauter. Mais si elle croyait lui échapper, elle se trompait. Non, cette fois, il ne la regarderait pas sortir de sa vie sans réagir.

— De quoi s'agit-il, alors ?

Elle hésita, porta un pouce à ses lèvres et les caressa doucement. Réalisant qu'il surveillait chacun de ses gestes, elle laissa retomber sa main.

Elle soutint un instant son regard, puis se détourna vers la fenêtre... Alors, prenant une grande inspiration, elle se lança :

— Juste avant d'interviewer la reine, j'ai... j'ai surpris une conversation que je n'étais pas supposée entendre...

Eh bien !

Il ne s'était pas attendu à une telle révélation. Le regard fuyant de Jade commençait à l'inquiéter sérieusement.

D'instinct, la sonnette d'alarme résonna en lui. Il pressentit le pire... Ce n'était pas pour rien qu'il était un éminent responsable de l'IRR !

Croisant les bras, il lui dit d'un air morose :

— Vas-y, je t'écoute.

— Lorsque j'attendais la reine, dans la salle de réception, j'ai soudain entendu sa voix dans la pièce attenante. Elle discutait avec une autre personne...

De nouveau, elle fit une pause, secoua la tête et reprit :

— Je ne sais pas à qui elle s'adressait, mais ça n'a pas réellement d'importance. En fait, ce qui compte, c'est ce que j'ai entendu, et non l'identité de son interlocuteur, et...

— Va au fait ! lui ordonna-t-il.

— O.K. !

Aspirant encore une fois une large bouffée d'air, elle poursuivit :

— Je l'ai entendue dire que son frère avait fomenté un complot avec les Chevaliers Noirs pour enlever le roi.

Voilà ! C'était dit !

Déjà, Jade se sentait mieux !

Désormais, elle n'était plus la seule à porter ce lourd secret. Alors, de nouveau, elle trouva en elle la force de diriger son regard vers J.T.

Ses traits s'étaient figés.

Ses yeux, en revanche, étincelaient d'un étrange feu noir. Si elle ne l'avait pas si bien connu, nul doute qu'elle eût pris la poudre d'escampette.

Soudain, ce terrible regard se fixa sur le téléphone, puis de nouveau sur elle.

Alors il demanda d'un ton cinglant, en détachant bien chaque syllabe :

— A qui en as-tu parlé ? Qui as-tu contacté avant que je n'arrive ?

— Je vois que la confiance règne, se récria-t-elle. C'est charmant !

— *Qui ?*

Il la jaugeait d'un œil glacial. Offensée, elle releva le menton d'un air de défiance et répondit :

— Personne !

— Personne, bien sûr ! persifla-t-il avant d'émettre un rire sec.

S'approchant dangereusement d'elle, il dit encore :

— Et tu t'imagines peut-être que je vais te croire ? C'est le scoop du siècle et tu resterais là sans réagir ? A d'autres, s'il te plaît !

Alors, les traits rongés par la colère, il se précipita sur le téléphone...

— Que vas-tu faire ? demanda-t-elle affolée. Me faire arrêter ?

Il lui accorda un bref regard dédaigneux et répondit :

— Je vais alerter le service de presse du palais afin que leurs spécialistes émettent un communiqué pour démentir tes propos.

C'était trop injuste !

Par égard pour J.T., elle n'avait pas tiré profit de ce qu'elle avait découvert, et lui, de son côté, la soupçonnait immédiatement du pire !

Profondément blessée, elle se contenta d'abord de le toiser sans mot dire...

Comment pouvait-il penser une chose pareille ? Après ce qu'ils avaient vécu ces derniers jours, la connaissait-il donc toujours aussi mal ?

Pire encore : ne lui accordait-il pas la moindre confiance ?

Dans ces conditions, il n'était même pas envisageable de conjuguer l'avenir à deux.

— Tu penses réellement que j'ai rapporté à Pen-T.V. la conversation que j'ai surprise ?

Elle s'approcha de lui, son regard dur enchaîné au sien.

Sur une impulsion, elle s'empara du combiné et le lui arracha des mains. D'un geste énervé, elle raccrocha et martela :

— Je ne l'ai dit à personne !

Alors il étudia longuement ses yeux car c'étaient eux qui toujours la trahissaient. En l'occurrence, il hésita...

Bon sang, cette fois, il était incapable de lire en elle ! Il était bien trop déstabilisé pour arriver à des conclusions satisfaisantes.

Sans chercher à reprendre le combiné, il déclara :

— Difficile à croire...

Brusquement, une vive fureur le submergea, une fureur non dirigée contre Jade, mais contre sa propre personne. En lui proposant de venir s'installer chez lui, il avait pris un risque non calculé. Trop de secrets planaient sur le palais, en ce moment. Et forcément, avec ses instincts de journaliste, elle avait fini par découvrir ce qui se passait réellement.

Il avait tout simplement commis une faute professionnelle !

Or, comment réagir, à présent ?

Nom d'un chien ! Il s'était laissé aveugler par l'amour qu'il lui portait. Il avait cru à une réconciliation. Il avait même envisagé qu'elle pourrait rester avec lui, ici au palais. Qu'ils se remarieraient !

Quel idiot ! A son âge, prenait-il donc encore ses désirs pour des réalités ?

Il la jaugea d'un regard morne.

Elle venait de se saisir de son sac et, visiblement, s'apprêtait à partir.

Très bien !

— Je n'arrive pas à croire que tu ne me fasses pas confiance, lui dit-elle alors sur un ton rempli de reproches.

— Pourquoi te ferais-je confiance ? se récria-t-il. Regarde-toi ! Tu viens de reprendre ton sac, tu es déjà sur le pied de guerre.

— Non, J.T., c'est toi qui n'as jamais déposé les armes, n'inverse pas la situation, s'il te plaît !

Elle plaidait dans le vide, puisqu'il poursuivit sans l'entendre :

— En tant que journaliste, tu es toujours à l'affût d'un scoop. Et celui-ci, il est de taille ! C'était le secret le mieux gardé du palais, et toi, la journaliste de Pen-T.V., tu prétends que tu ne vas pas l'exploiter ? Il est tout de même légitime que je doute de tes intentions.

A ces mots, elle jeta son sac sur le sofa et déclara :

— Non, ce qui serait légitime, c'est que tu me croies !

Là-dessus, elle posa ses mains sur ses hanches et lui fit front.

Bon Dieu ! Comme il aurait voulu la croire !

Lui faire confiance !

Mais il était pris entre deux feux : d'un côté, sa conscience professionnelle qui lui interdisait le moindre faux pas, la moindre erreur de jugement, et de l'autre, les yeux en furie de Jade.

— Il est vrai que j'aurais pu appeler Pen-T.V., décréta-t-elle, et je peux te garantir que ce n'est pas l'envie qui me manquait ! Oui, pendant quelques secondes, je me suis vue annoncer le scoop devant la caméra !

Ils se livraient à présent un véritable bras de fer. J.T. ne broncha pas.

— Mais cette envie est restée de l'ordre du fantasme ! Je ne l'ai pas fait, je n'ai pas pu le faire.

— Pourquoi ? demanda-t-il en la saisissant par le bras et en la contraignant à se rapprocher de lui.

De nouveau, il observa longuement son beau regard vert, en quête de la vérité…

Et cette fois, il la trouva.

Oh, il connaissait trop bien le langage de ses yeux pour ne pas le comprendre !

O.K., il la croyait, elle n'avait pas ébruité l'affaire.

Cette découverte l'ébranla. Quelle était donc la raison de son silence ? Pourquoi ce revirement ?

Qu'est-ce qui l'avait donc poussée à renoncer de son plein gré à sa maudite ambition, cette ambition à laquelle elle l'avait sacrifié, autrefois ?

— Pourquoi n'as-tu rien dit ? lui redemanda-t-il. Avec ce scoop, tu scellais définitivement ta carrière, alors pourquoi avoir pris le parti de te taire ?

— Peut-être ai-je changé, lui suggéra-t-elle.

— Pourtant, il y a quelques jours encore, tu me harcelais pour obtenir cette interview.

— Est-ce donc si difficile à croire ?

Les beaux yeux de Jade lançaient des éclairs. Pourtant, jouant la carte de l'honnêteté, il répondit :

— Oui, ça l'est !

— Au moins, tu as le mérite d'être franc, fit-elle avec un sourire triste.

A ces mots, il l'attira à lui…

Immédiatement, son sublime parfum fleuri l'enivra. Soudain, tout contre lui, il entendit le cœur de Jade battre la chamade. Le sien lui emboîta le pas.

— Que s'est-il donc produit pour que tu changes si radicalement d'attitude ? lui demanda-t-il à voix basse, la bouche collée contre sa chevelure.

Elle se mit à respirer plus rapidement et il vit son pouls s'affoler à sa tempe. Sur une impulsion, il y déposa un tendre baiser.

— Si je suis partie, il y a trois ans, lui expliqua-t-elle alors, c'est parce que la vie devenait impossible. Les scènes se succédaient, et plutôt que de rester et de lutter, j'ai préféré partir.

Elle fit une pause, puis reprit :

— Te revoir a été un choc qui a déclenché en moi une prise de conscience. Je me suis notamment aperçue que j'avais mûri. Maintenant, je sais qu'il y a des choses bien plus importantes qu'un scoop. Et que, dans la vie, il n'y a pas que la carrière qui compte.

— C'est-à-dire ?

Il avait besoin d'entendre de sa bouche la confirmation qu'il espérait…

Le cœur battant violemment dans sa poitrine, il resserra son étreinte. Mais, d'une brusque secousse, elle se dégagea.

Puis, le regard fixé sur lui, elle déclara :

— Toi, par exemple ! C'est tout de même incroyable qu'il faille que je te le dise pour que tu le comprennes !

Elle leva ensuite les yeux au ciel, avant de poursuivre en s'adressant à un interlocuteur imaginaire :

— Je l'aime, je le lui prouve et il ne me croit toujours pas ! Il n'a jamais rien compris et continue de ne rien comprendre !

— Puis-je intervenir ou est-ce un moment d'intimité avec toi-même qu'il ne faut pas troubler ?

— Je me parlais effectivement à moi-même, cette conversation ne t'était pas adressée.

— Désolé, mais sans le vouloir j'ai entendu tes propos, insista-t-il. Et tu as dit que tu m'aimais…

— C'est vrai… Je m'en suis enfin rendu compte. Tu vois, il me faut du temps pour comprendre

— Moi aussi, je t'aime, lui dit-il alors.

Cette déclaration la stupéfia.

Ecarquillant les yeux, elle demanda :

— Comment peux-tu m'aimer et me suspecter de trahir ta confiance ?

— Je te rappelle que tu m'as quitté au nom d'une carrière que ce scoop aurait sensiblement propulsée.

— Tu m'as laissée partir, lui reprocha-t-elle alors. J'étais rongée par la peur, la peur du futur, de l'inconnu. Je suis partie, c'est vrai, mais tu n'as rien fait pour me retenir.

Insidieusement, il se mit à caresser sa nuque et répondit :

— Je sais.

— J'ai cru que finalement cela t'était égal puisque tu ne m'as pas rappelée, ou écrit, ou que sais-je encore...

A ces mots, une larme coula sur sa joue.

— Comme tu ne te manifestais pas, une fois calmée je n'ai pas osé rentrer à la maison, même si c'était ce que je désirais plus que tout au monde.

Mon Dieu, tout ce temps perdu à cause de leur maudite fierté! pensa-t-il alors.

— Tu as raison, admit-il d'un ton amer, je t'ai poussée vers la porte et lorsque finalement tu es partie, je ne t'ai pas retenue car mon amour-propre était à vif. Au lieu de m'élancer derrière toi, je me suis raccroché à mon orgueil, c'était tout ce qui me restait.

— Et aujourd'hui ?

— Aujourd'hui, il n'y a que toi qui comptes...

Il braqua sur elle un regard brûlant.

— Je me moque de mon amour-propre, à présent. Et si tu t'avises de me quitter, alors je te traquerai au bout du monde. Tu entends ? Cette fois, je ne te laisserai pas partir.

Sa voix rauque égratigna délicieusement le creux de ses reins et la fit frissonner. Mais il n'en avait pas terminé.

— Lorsque tu es partie, j'ai terriblement souffert, mais je ne voulais pas que tu l'apprennes, lui dit-il. Alors j'ai enfoui ma douleur, profondément, et je me suis dit que j'avais surmonté la crise. Survécu à cette histoire d'amour.

— Et ?

— Eh bien, évidemment, peu à peu, elle est revenue me hanter. Impossible de t'oublier, Jade. Et maintenant que tu m'es revenue, je ne veux pas que tu repartes.

— Rassure-toi, je n'en ai nullement l'intention.

Ce fut alors que, dans les yeux de J.T., Jade vit briller leur avenir.

— Je ne suis plus une enfant, J.T. J'ai appris à me battre pour ce que je veux.

— Et que désires-tu ?

Dans l'attente d'une réponse qu'il connaissait d'avance, il caressa doucement sa joue. Le désir venait de renaître entre eux.

— Toi, J.T.

Un beau sourire s'épanouit bientôt sur les lèvres de J.T. Alors, il enserra tendrement l'ovale délicat du visage de Jade entre ses mains et demanda d'un ton solennel :

— Epouse-moi, Jade.

— Quand ?

— Maintenant.

— Maintenant ? fit-elle en éclatant de rire. Tu es encore plus pressé que la première fois.

— Le temps de faire publier nos bans, alors. Et dès que l'histoire du palais est réglée, nous partons en voyage de noces.

— Cela me va !

Nouant les bras autour de sa nuque, elle lui donna un baiser fougueux. Cet élan le rendit fou d'elle et, quelques secondes plus tard, il roulait avec elle sur le lit.

Épilogue

— Janine ! Quelle joie de te revoir ! J'ai eu si peur, mon Dieu !

Son amie se précipita dans ses bras et elles restèrent longtemps enlacées, à savourer leur bonheur. Elles s'étaient déjà entretenues une bonne heure, la veille, au téléphone.

— Tiens, fit Janine qui n'avait pas perdu son sens de l'humour, je te rends ta veste. Ce n'est pas vraiment un porte-bonheur.

L'homme qui traquait Jade depuis des semaines et avait finalement enlevé à sa place son assistante était désormais sous les verrous. C'était un fanatique qui prétendait être éperdument amoureux de la belle journaliste de Pen-T.V.

Manifestement, il n'en était pas à son premier coup d'essai, mais cette fois, cela risquait d'être le dernier, car de l'avis de tous, ce n'était pas la prison mais l'asile qui l'attendait.

Curieusement, depuis longtemps, J.T. s'était abstenu de faire à Jade le moindre reproche sur les dangers auxquels l'exposait son métier.

Avec une joie non dissimulée, Jade avait donc retrouvé son bureau, à Pen-T.V. Comme elle était reconnaissante à

J.T. de ne pas lui avoir demandé de renoncer à sa carrière pour lui !

Car, cette fois, nul doute qu'elle l'aurait fait...

Oh, non sans récriminer ! Mais elle ne doutait pas qu'elle aurait certainement fini par céder.

Elle avait trop souffert de la séparation précédente, et était bien trop amoureuse de lui pour courir de nouveau le risque de le perdre.

Néanmoins, elle envisageait sérieusement de se reconvertir dans la presse écrite. Les projecteurs, elle en avait assez ! L'enlèvement de son amie l'avait sérieusement ébranlée et elle avait désormais envie de recouvrer un certain anonymat.

En outre, elle avait l'impression qu'en travaillant pour un quotidien ou un hebdomadaire de la presse écrite, elle pourrait effectuer un travail en profondeur — ce que ne permettait pas la télévision.

Quant à J.T., force était de reconnaître qu'il avait parcouru un long chemin. De mari machiste, il était devenu un amant aimant et conciliant, rempli d'admiration pour sa femme journaliste. Elle le soupçonnait même de ne pas envisager d'un bon œil sa reconversion.

Néanmoins, il se gardait bien de se mêler de sa vie professionnelle et de ses choix en la matière.

Le mariage était fixé à dans deux semaines — le délai réglementaire pour la publication des bans.

Durant cette quinzaine, on devait leur attribuer un nouvel appartement de fonction, au palais. Un quatres pièces — ce qui leur permettrait d'avoir au moins deux enfants, avait tenu à préciser J.T. Et aujourd'hui, ce n'était absolument plus un problème pour Jade : elle envisageait avec sérénité une maternité.

Au palais, le complot avait tourné court.

La garde rapprochée du roi avait fini par mettre la main sur la cachette où les Chevaliers Noirs retenaient le souverain prisonnier.

Le groupuscule avait été entièrement démantelé et le frère de la reine, aux abois, avait choisi de mettre fin à ses jours. C'était un être si odieux que même la reine eut du mal à le regretter.

Les souverains décidèrent alors de lever le mystère sur toute cette affaire et de tout révéler enfin aux citoyens de Penwick.

Il alla sans dire que, pour ce communiqué de presse, on fit appel à Jade. Outre Harry, l'équipe incluait également Janine. C'était le moins que lui devait Jade !

Ce soir-là, Jade et J.T. étaient assis confortablement sur le canapé, devant la télévision, et s'apprêtaient à regarder la diffusion de l'interview enregistrée le matin même.

Le couple royal se prêtait loyalement au jeu de la presse, c'est-à-dire qu'il répondait de bonne grâce aux questions de Jade.

La soupçonnèrent-ils de connaître la vérité ?

Toujours est-il que jamais ils ne cherchèrent à le savoir.

« Mon Dieu, quelle classe ! » pensa J.T. en la voyant s'adresser le plus naturellement du monde aux souverains qui lui faisaient face.

Comment avait-il eu le toupet de lui demander de renoncer à sa carrière pour lui ? Aujourd'hui, il réalisait enfin l'affreux dilemme devant lequel il l'avait placée.

Un divorce et trois années plus tard, il commençait à être temps…

Allons, ce chemin détourné pour arriver au bonheur avait certainement été un mal nécessaire ! conclut-il, philosophe.

A la dérobée, il jeta un coup d'œil vers sa compagne...

Au lieu de regarder l'écran, elle le regardait, lui, tendrement.

Visiblement, elle guettait sa réaction.

— Bravo ! lui dit-il d'un air ému. Je suis si fier de toi ! Oh, mon amour... !

Les yeux brillants, elle se serra tout contre lui.

Il leur avait fallu trois ans pour trouver le bonheur, pensa-t-elle, mais désormais, ils pouvaient le savourer en toute tranquillité. Et en toute volupté.

Chère lectrice,

Vous nous êtes fidèle depuis longtemps?
Vous venez de faire notre connaissance?

C'est pour votre plaisir que nous avons imaginé un rendez-vous chaque mois avec vos auteurs préférés, vos AUTEURS VEDETTE dans les collections Azur et Horizon.

Les AUTEURS VEDETTE vous donneront rendez-vous pour de nouveaux livres vedette.

Pour les reconnaître, cherchez l'étoile... Elle vous guidera!

Éditions Harlequin

LE FORUM DES LECTEURS ET LECTRICES

CHERS(ES) LECTEURS ET LECTRICES,

VOUS NOUS ETES FIDÈLES DEPUIS LONGTEMPS?

VOUS VENEZ DE FAIRE NOTRE CONNAISSANCE?

SI VOUS AVEZ DES COMMENTAIRES, DES CRITIQUES À FORMULER, DES SUGGESTIONS À OFFRIR, N'HÉSITEZ PAS… ÉCRIVEZ-NOUS À:

LES ENTERPRISES HARLEQUIN LTÉE.
498 RUE ODILE
FABREVILLE, LAVAL, QUÉBEC.
H7R 5X1

C'EST AVEC VOS PRÉCIEUX COMMENTAIRES QUE NOUS ALLONS POUVOIR MIEUX VOUS SERVIR.

DE PLUS, SI VOUS DÉSIREZ RECEVOIR UNE OU PLUSIEURS DE VOS SÉRIES HARLEQUIN PRÉFÉRÉE(S) À VOTRE DOMICILE, NE TARDEZ PAS À CONTACTER LE SERVICE D'ABONNEMENT; EN APPELANT AU (514) 875-4444 (RÉGION DE MONTRÉAL) OU 1-800-667-4444 (EXTÉRIEUR DE MONTRÉAL) OU TÉLÉCOPIEUR (514) 523-4444 OU COURRIER ELECTRONIQUE: AQCOURRIER@ABONNEMENT.QC.CA OU EN ÉCRIVANT À:

ABONNEMENT QUÉBEC
525 RUE LOUIS-PASTEUR
BOUCHERVILLE, QUÉBEC
J4B 8E7

MERCI, À L'AVANCE, DE VOTRE COOPÉRATION.

BONNE LECTURE.

HARLEQUIN.

VOTRE PASSEPORT POUR LE MONDE DE L'AMOUR.

Composé et édité
PAR LES ÉDITIONS HARLEQUIN
Achevé d'imprimer en janvier 2004

BUSSIÈRE
GROUPE CPI

à Saint-Amand-Montrond (Cher)
Dépôt légal : février 2004
N° d'imprimeur : 37958 — N° d'éditeur : 10346

Imprimé en France